KB262157

기사도
chivalry
FANTASY FRONTIER SPIRIT
요람 판타지 장편 소설

기사도 7
요람 판타지 장편 소설

초판 1쇄 찍은 날 § 2013년 3월 11일
초판 1쇄 펴낸 날 § 2013년 3월 14일

지은이 § 요람
펴낸이 § 서경석

편집부장 § 권태완
편집책임 § 어정원

펴낸곳 § 도서출판 청어람
등록번호 § 제1081-1-89호
등록일자 § 1999. 5. 31
어람번호 § 제1-1557호

주소 § 경기도 부천시 원미구 심곡2동 163-2 서경B/D 3F (우) 420-822
전화 § 032-656-4452 팩스 § 032-656-4453
http://www.chungeoram.com
E-mail § chungeorambook@daum.net

ⓒ 요람, 2012

ISBN 978-89-251-3202-0 04810
ISBN 978-89-251-3031-6 (세트)

기사도
chivalry

7

[완결]

요람 판타지 장편 소설 | FANTASY FRONTIER SPIRIT

CONTENTS

Chapter
61
몰이 사냥 (1)

멀찌감치 떨어져 진형을 구축하고 있던 바젠틴 병사들은 바짝 얼어붙었다.

갑작스레 바이칼 요새의 성문이 다시금 열린 것이다.

"어, 어?"

"왜 그러나?"

"저, 저기……."

가장 선두에서 진형을 꾸리고 있던 방패부대, 그중에서도 제1대가 열린 성문을 가장 먼저 발견했다.

옹기종기 모여앉아 모닥불을 쬐고 있던 병사 중 한 명이 손가락으로 바이칼 요새를 가리키며 의문의 감정이 섞인 말을 했기 때문이다.

그 때문에 모든 병사의 시선이 바이칼 요새로 집중.

이내 그들은 열린 성문을 발견했다.

두!

두드드드드!

"저, 저건!"

"비, 비상이다!"

그때 기습작전의 피해 때문인가.

모든 병사의 얼굴이 사색이 됐다.

그리고 그렇게 병사들이 놀라고, 아연실색하는 건 당연했다.

이제는 완연하게 퍼질 대로 퍼져 있는 소문의 기사왕(騎士王), 그리고 거신(巨神)의 파괴력을 아주 제대로 목격한 탓이다.

그러니 놀랄 수밖에 없었다.

거리는 꽤 된다.

하나 이 지축을 울리는 소리는…….

역시 기병이다.

"으악! 전투 준비! 전투 준비!"

"도, 도망가자!"

"다 죽을 거야! 다 죽을 거라고!"

가장 먼저 적의 기습을 목격한 보병, 그중 방패병들은 그야말로 혼란의 도가니였다.

두 명의 초인이 이끄는 기병대와 기사단이 어떠한 파괴력을 가지는지 아주 잘 알기 때문이다.

체르니 병사들에겐 아주 든든한 무적의 힘이겠지만 반대로 바젠틴의 병사들에게는… 공포, 그 자체였다.

"침착해라! 기병대의 가속만 막으면 이길 수 있다! 그러니 모두 전열을 가다듬고 방패를 세워라!"

"도망치는 자는 내가 베겠다! 모두 자리에서 이탈하지 말고 전열을 가다듬어라! 모두 전열을 가다듬어!"

여기저기서 병사들을 지휘하는 간부들이 열심히 소리쳤지만 그건 그냥 허무한 메아리가 되어 진형에 울려 퍼질 뿐이었다.

저번 기습의 여파가 아직도 남아 있는 것이다.

그렇게 병사들 사이에 소란이 일어나고 있을 때, 이미 바이칼 요새에서 출발한 체르니의 기병은 아주 근거리까지 와 있었다.

"피해! 으아악!"

"아악! 오지 마!"

일부 마음 약한 병사들이 비명을 지르며 전열을 이탈하기 시작했다.

"씨발! 야 이 새끼야! 자리 잡아! 자리 잡으라고!"

"구멍 내지 마! 니들이 빠지면 우린 어떡하라고!"

　반대로 일부 담이 있고, 전투 경험이 풍부한 병사들은 도망치는 병사들을 향해 고래고래 소리치며 어떻게든 전열을 가다듬으려고 애썼다.

　하지만 이미 구멍 난 전열은 쉽게 가다듬어지지 않았다.

　두드드드드!

　그리고 지축을 울리는 말발굽 소리가 결국 지척에까지 울리기 시작했다. 그건 곧 그들의 돌격이 닥쳐온다는 뜻.

　이미 육안으로도 확인할 수 있었다.

　꿀꺽!

　"모두 힘을 내라! 기마대는 가속만 막으면 별것 아니다!"

　"방패병은 앞으로! 창병은 그 뒤에 서라!"

　지휘관들 역시 계속해서 병사들을 독려하며 사기를 끌어올리려고 애썼다. 그리고 그건 효과가 조금이나마 있었는지 병사들의 얼굴에 굳은 의지가 생겨나게 만들었다.

　하지만 그것도 잠시.

　바쁘게 뛰어다니던 지휘관은 물론, 병사들도 순간 얼굴에 의구심을 띠었다. 마치 세상을 갈기갈기 찢어버리려는 느낌으로 병사들의 귀를 울려오던 말발굽 소리가 서서히 가라앉기 시작한 것이다.

　"뭐, 뭐지……?"

　"왜, 왜 멈춘 거지……?"

　그들의 눈에도 보였다.

소리만 멈춘 게 아니라 전방 삼사백 미터 앞에서 멈춘 기병대의 모습이 보였다. 그러니 순간 의문이 들었다.

대체 무엇 때문에 기병의 장점을 포기하고 돌격을 멈춘 건지…….

병사들은 물론 각 간부도 순간적으로 이해를 하지 못하고 있었다. 그리고 그건 군을 움직이는 총사령관인 플루토도 마찬가지였다.

"왜? 기병의 돌격을 멈추다니……. 저들이 대체 무슨 생각을 하는 건지……. 아는 사람 있는가?"

"모르겠습니다. 기병의 장점이란 역시 가속에서 나오는 그 막강한 파괴력입니다. 특히 두 초인을 앞세운 돌격은 저들에겐 그야말로 하나밖에 없는 전술일진대……. 그걸 포기하다니."

플루토 총사령관처럼 완전무장을 갖춘 채 옆에 있던 웨이즈 남작의 말에 플루토 총사령관은 인상을 찌푸렸다.

"하나, 기병의 돌격이 멈춘 지금이 어쩌면 돌격하기에 가장 적기가 아닌가 생각됩니다."

그리고 뒤이어 이어진 작센 백작의 말에는 다시 진중히 고민에 빠져들 수밖에 없었다. 확실히 일리가 있는 말이었기 때문이다.

기병의 돌격이 멈췄다는 건 그 힘이 다했다는 뜻.

그렇다면 일반 보병으로도 충분히 상대할 수 있었다. 불가능이 아니라 어쩌면 오히려 이점이 될 수도 있었다.

하지만 그럼에도 움직이지 못하는 건 역시 적군의 노림수를 파악하지 못했기 때문이다. 멈출 이유가 없음에도 멈춘 이유.

그 이유를 파악하지 못했기에 어쩌면 '기회'라고 판단되는 이 상황에 전군 돌격 명령을 내리는 걸 머뭇거리고 있는 것이다.

그래서 그는 물었다.

"아군 병사의 훈련 상태는?"

플루토 사령관의 말에 옆에 있던 웨이즈 남작이 바로 대답했다.

"정예입니다. 병사들의 반수 이상이 뮤란다 원정 경험이 있는 병사들입니다. 난전이 벌어진다고 해도 결코 밀리지 않을 것입니다."

"음……."

바이칼 요새의 병사들도 정예다.

그건 몇 번에 걸친 공성전에서 이미 충분히 확인했다.

그렇다면 병사의 질은 호각.

"적의 예상 병력은?"

이번 질문에는 작센 백작이 대답했다.

"많아야 삼사만입니다."

"아군의 병력은?"

"육만이 조금 넘습니다."

"적의 두 배라고 보면 되는가?"

"그렇습니다."

그 대답에 플루토 사령관은 고개를 끄덕였다.

'전면전이 벌어질 시 적의 두 배 병력이라……'

플루토 사령관은 그 생각을 하면서 그가 가진 기본 전쟁지식을 뇌 내에서 훑어봤다.

이런 상황에선 웬만해서는 밀리지 않는다.

병사 둘이 병사 하나를 상대하는 꼴이다.

물론 이건 난전이 벌어지면 상당히 변하게 되겠지만 그래도 아군이 더욱 유리한 고지에 있다는 건 변함이 없었다.

'문제는 초인……. 그 둘만 묶어둘 수 있다면 우리의 승리다!'

플루토 사령관은 정신이 번쩍 드는 걸 느꼈다.

두 초인이 문제다.

병사들 사이에서도 기사왕, 그리고 거신이라 불리는 그 두 초인만 어떻게든 묶어둘 수 있다면 전면전이 벌어져도 반드시 이길 수 있을 거라 생각됐다.

"방패병들을 두 초인이 나타나거든 그쪽으로 돌격시켜라! 방패병으로 초인을 묶는다!"

플루토 사령관은 결단을 내렸다.

전군 돌격을 한 다음 난전으로 끌고 가기로.

기병이 멈춘 이유 따윈 이제는 상관없다.

적의 병력만이라도 궤멸시킨다면 아무리 초인이라고 해도 아무런 수가 없을 거로 생각했기 때문이다.

"어차피 도망쳐도 그만이다! 전군 돌격 명령을 내려라!"

"네!"

"알겠습니다!"

플루토 사령관의 말에 작센 백작, 웨이즈 남작은 곧 전투명령을 전달했다.

뿌우……!

뿌우우……!

바젠틴 진영 내에서 뿔 고동이 울리면서 전군 돌격 명령이 내려졌다. 그 소리에 가장 먼저 반응한 건 역시 독전관들이었다.

북을 치고 사기를 고양시키는 독전관들이 가장 먼저 제 할 일을 시작하자, 다른 종류의 독전관이 칼을 들고 거친 욕설을 내뱉으며 돌격 명령을 내렸다.

"전군 돌격! 눈앞에 적을 죽여라!"

"달려! 적의 기병은 이제 아무런 힘도 없다! 모두 돌격!"

그러자 하나둘씩 눈치를 보던 병사들.

아직도 가슴속에는 의문을 품고 있고, 그 의문의 뒤편에 숨어 있는 공포가 여전히 그들의 육신을 저지하고 있었다.

픽!

하나 그것도 잠시, 곧 독전관들과 지휘 간부들 때문에 사그라질 수밖에 없었다.

독전관이 거대한 철퇴로 뒤로 물러나던 병사의 머리를 으깨버리자 선택의 여지가 사라졌기 때문이다.

불복종의 대가와 미지의 공포, 둘 중 더 강하게 와 닿는 것은 눈앞에서 피와 뇌수가 얽힌 채 뚝뚝 흘러내리는 독전관의 철퇴였다.

"으아! 씨발!"

"죽여라! 죽여!"

뒤로 가도 죽고, 앞으로 가도 죽지만 적은 무슨 일인지 멈춰 있는 상태. 그렇다면 당연히 앞으로 달리는 게 낫다고 생각한 것이다.

으아아!

우와와와!

한두 명씩 울리던 함성이 곧 거대한 함성으로 변하는 건 시간문제였다.

물경 육만에 달하는 병사들의 돌격.

육만이라는 게 결코 작은 숫자를 의미하는 것은 아닌지라 그 돌격은 굉장한 위압감을 자아냈다.

방패병은 물론, 창병에 검과 방패를 동시에 소지한 돌격병. 궁병까지 합세하고, 얼마 남지 않은 기병들까지 모조리 내달리기 시작했다.

우렁찬 함성은 당연했다.

죽기 아니면 살기라는 게 그들의 인식이었으니…….

하지만 그 우렁찬 함성은 잠시 후에 중단될 수밖에 없었다.

쾅……!

콰광……!

지축을 울리는 거대한 굉음과 동시에 주위로 넘실거리는 거대한 화마로 인해.

란스는 기마의 가장 선두에 서서 적군을 살펴보고 있었다. 그 거대한 몸집에, 힘이 대체 얼마나 센 건지 한 손으로 가볍게 플랑베르쥬를 들고 있는 모습은 같은 아군에게도 정말 위압적으로 다가왔다.

"적이 달려들겠습니까?"

"십에 여덟에서 아홉은 달려들 겁니다. 지금 저희처럼 맛 좋아 보이는 먹이는 어디서도 찾아보기 어려울 테니까요."

바이칼 후작의 물음에 란스는 확신에 가득찬 묵직한 목소리로 대답했다. 눈빛도 마찬가지였다. 굳게 다물어진 입술을 바탕으로 눈에도 총명이 가득해서 혹시나 하는 마음에 확인 차 물었던 바이칼 후작은 새삼 란스의 계획을 확신했다.

그때 란스가 다시 입을 열었다.

"적의 가장 큰 약점은 뛰어난 지략가가 없다는 겁니다. 예전에 이레인 양이 얘기했던 게 있습니다."

"그게 뭡니까?"

"바로 인재의 부족입니다."

"아, 아……."

란스의 말에 바이칼 후작은 란스를 바라보던 시선을 돌려 전면의 적을 바라봤다. 저 많은 병사 중에 인재가 없다?

믿기지는 않았다.

"리오 라이언이라는 걸출한 지략가이자 검사가 있는 탓인지 바젠틴 측 진영에 크게 뛰어난 인재가 없습니다. 있어 봐야 그 첫째 아들인 리온 대공자인데……. 그 또한 제 동생에게 부상을 입었다고 합니다. 그 부관도 마찬가지. 본군을 꾸리느라 이곳에 없습니다. 즉, 저기엔 저희만 한 지략을 가진 사람도, 무장도 없습니다."

"……."

조용한 말이지만 란스의 그 말은 후작의 고개를 저절로 끄덕이게 만들었다.

"지금만 해도 그렇습니다. 저번의 기습 때문에 겁을 먹어서인지 병력을 잔뜩 밀집시켜 놓았습니다. 아마 최대한 기병의 돌격에 대응한 진형이겠지요."

"그렇습니다."

바이칼 후작은 전면에 보이는 바젠틴군을 바라봤다.

방패병을 전면에, 그 뒤로 바로 창병을. 그걸 반복해서 진형을 쌓아 놓고 있었다.

"만약에 저였다면 저런 식으로 병력 운용을 하진 않을 것입니다. 저렇게 몰려 있으면 어찌 됐든 둔해지게 마련이니까요."

"그건 저도 동감입니다."

병력을 한 점으로 응집시키면 당연히 돌파에 대한 방어는 상당히 강해진다. 하지만 반대로 다닥다닥 붙어 있기 때문에 운신의 폭이 굉장히 좁아든다.

"달려들 때도 마찬가지입니다. 저 진형 그대로 당연히 달려들겠지요. 저희가 도망치기 전에 잡아야 하니까 말입니다."

"그렇습니다."

"하지만 그게 패착입니다. 저들이 저대로 우리에게 달려든다면 그야말로 지옥을 볼 겁니다."

"……."

란스의 그 말에 바이칼 후작은 침묵했고, 란스는 조용히 고개를 돌려 자신의 뒤를 바라봤다. 여기서는 보이지 않지만 지금 란스의 뒤에는 바이칼 요새의 병력 대부분이 나와 있었다.

하지만 적은 모른다.

왜냐.

말의 꼬리에 달아놓은 물건 때문이었다.

그건 낭창낭창 휘는 특별한 나무의 가지를 꺾어 만든 빗자 루 같은 물건이었다.

그 빗자루는 말이 돌격할 때 먼지구름을 피워 올렸다.

그리고 그 먼지는 아군의 보병 이동을 완벽하게 가려버렸다.

이번 작전의 가장 중요한… 고대 마력포 부대가 이중에 끼어 있었다. 그리고 그들은 전원 총기사들과 백인결사였다.

저번에 안과 같이 이동했다가 백인결사와 총기사의 반수가 이곳으로 이동했다. 마력포의 운용 때문이었다.

그들이 지금 기병대 뒤편에서 독아(毒牙)를 숨긴 채 웅크리고 있었다.

"병사들이 움직이는군요."

그때 바이칼 후작이 말했다.

그 말에 란스가 전면을 바라보니 바이칼 후작의 말대로 가장 전열에 위치한 병사들이 슬금슬금 움직이고 있었다.

"……."

란스는 그 모습을 진중하게 가라앉은 눈으로 바라봤고, 곧이어 천천히 손을 들었다. 그건 곧 기병대의 후미에 보내는 신호였다.

정확히는 총기사 이십오 명과 백인결사 오십 명에게 보내는 신호였다.

"준비!"

란스의 기운이 담긴 외침이 울려 퍼지고 순식간에 란스의 진형에도 긴장감이 들이찼다.

잠시 후.

적의 돌격이 시작됐다.

거대한 함성을 동반하고서.

"전군 돌격이군요."

바이칼 후작의 긴장감 가득한 목소리에 란스는 그저 고개를 끄덕였다. 하지만 란스는 속으로 참 다행이라고 생각했다.

새까맣게 몰려오는 그들을 보며 저 돌격하는 진형의 한복판에 마력포의 화탄이 떨어지면 어떻게 될까 하고 생각해 봤다.

순식간에 란스의 머릿속에 시뮬레이션이 전개됐다.

그럼 결과는……?

란스는 조용히 미소 지었다.

최초 1킬로는 넘는 거리가 순식간에 좁혀졌다.

'칠백… 육백… 오백… 사백!'

번쩍!

그 순간 란스의 고함이 터졌다.

"발사!"

그 거대한 고함이 터진 직후, 일반 사람의 머리통만 한 화염탄이 기병대의 뒷열에서 날아올랐다.

그 개수는 총 30개.

빠른 속도로 떠올랐다가 중력의 법칙으로 떨어지는 화염탄.

　악시온의 전함에서 쓴다는 포(砲)라는 무기가 쇠구슬을 쏘아 상대 전함을 폭침시키듯이, 마력포 부대가 쏜 화염탄 역시 불을 휘감은 거대한 구슬이 되어 바젠틴군의 진영 한가운데로 정확히 떨어져 내렸다.

　쾅……!

　콰광……!

　그리고 그 즉시 거대한 굉음과 화염을 동반하고 그대로 터져버렸다.

　푸가각!

　최초로 착탄한 화염탄은 그대로 폭발, 강한 후폭풍과 함께 주변에 서 있던 병사들의 육신을 갈가리 찢어발겼다.

　다음은 지옥의 불꽃처럼 터져 나온 화염이었다.

　화염탄은 머금은 불은 그 자체로 유라의 정화의 불.

　넘실거리면서 주변을 갈가리 잡아먹기 시작했다.

　"으아아아……!"

　"살려줘! 살려줘……! 아아악!"

　몇백 미터나 떨어진 곳에서부터 울려 퍼진 처절한 비명이 바람결에 실려 란스의 귀로 들려왔다. 돌격은 이미 중지 상태.

　이런 공격은 애시 당초 본 적도, 들은 적도 없던 바젠틴군. 그들은 30발의 화염탄이 만들어낸 처참한 광경에 그대로 얼어붙거나 사방팔방으로 흩어지려 하기 시작했다.

넘실거리는 불꽃이 '아군'을 통해 자신에게 다가오니 그 공포가 무지막지했던 것이다. 하지만 이걸로는 부족하다 생각한 란스.

"준비!"

다시 한 번 검을 들고 외쳤다.

그리고 수유의 시간이 흐른 후.

또다시 외쳤다.

"발사!"

그 직후 다시 허공으로 맹렬히 떠오르는 화염탄이 바젠틴군의 좌와 우로 날아가기 시작했다.

"으아!"

"또 온다! 피해라!"

"살려줘!"

화염탄이 날자마자 바젠틴군은 다시금 혼란에 빠져버렸다. 이리저리 부딪치며 화염탄이 날아오는 각도에서 벗어나려 했지만 애초에 밀집형태로 돌격했기에 그저 우왕좌왕할 뿐이었다.

기습전에 대비해 밀집으로 뭉친 진형이 이제 와서 그 가진 바 폐해를 제대로 보여주기 시작한 것이다.

두 번째로 발출한 화염탄이 다시금 바젠틴군 좌우에서 터졌다.

결과는 마찬가지.

쏘아 올린 각은 그대로지만, 옆으로 조금씩 틀어서 쐈기 때문에 최초 떨어진 곳이 아닌 다른 곳에 떨어져 버려 이번에도 역시 거대한 피해를 만들어냈다.

순식간에 육신이 찢어지고, 온몸이 불타오르는 병사들이 속출했다.

“…….”

“…….”

이 무지막지한 광경에 체르니 기병들도 침묵했다.

바이칼 후작이나 후작의 옆에 있던 실바에르 부관도 마찬가지였다.

악마의 무기인가?

아니면 신장의 무구인가.

갈피를 잡을 수가 없었다.

말로만 듣던… 마도제국의 마력포와 비슷한 위력에 너무나 놀라 버린 것이다.

그렇게 침묵할 때…….

란스가 다시 외쳤다.

“마력포병부대! 전진배치!”

그 외침에 바로 대열의 뒤편에서 대답이 들려왔다.

“네!”

그 대답에 기병들은 그제야 정신을 차리고 대열을 벌렸다. 그러자 빠른 속도로 전면으로 달려오는 마력포병부대.

연습할 시간은 부족했지만 이미 뛰어난 무력부대인 백인결사, 그리고 산에서 수련한 총기사들이기에 전면으로 나오는 속도는 꽤나 빨랐다.

"준비!"

"네!"

란스는 다시 외쳤다.

여기서 끝낼 생각은 없었다.

준비한 탄은 100발이다.

산에서 가져온 50발.

유라가 여기서 며칠 동안 무리하게 주입해 낸 50발.

이제 60발을 썼다.

그리고 효과는… 보는 그대로였다.

전진하던 바젠틴군의 선두는 그야말로 쑥대밭이 되어버렸다.

"발사!"

"네!"

란스는 다시 명령을 내렸다.

이 한 번에 완벽하게 적의 사기를 꺾어야 했다. 아니, 꺾는 정도가 아니라 아예 바닥을 치도록 만들어야 했다.

자신들이 악마로 보이게 만들어야 적을 몰 수 있었다.

쇄아아악!

마력포에 박힌 루비가 강렬한 빛을 내뿜더니 다시 화염탄을 하늘 높이 쏘아 올렸다. 그리고…….

이번엔 적의 중군에 떨어졌다.

콰광……!

다시금 강렬한 굉음과 불길이 중군을 휩쓸었고, 적의 사기가 아예 바닥을 내리찍었을 때 후방에서 미성의 목소리가 하늘 높이 가득 울려 퍼졌다.

"기병대!"

"예!"

"돌격!"

"네! 이랴!"

어느새 전면으로 나와 있는 창을 든 금발의 여기사.

기사왕 유라의 돌격을 시작으로 기병 오천이 적의 정중앙을 노리고 그대로 쇄도하기 시작했다.

"……."

"……."

입이 쩌억.

벌려진 입은 그리 큰데 소리는 아무 데에서도 나지 않았다.

아니, 할 수 없었다는 게 더욱 옳은 말이었다.

돌격하는 와중 갑작스럽게 떨어진 불덩이들.

그 불덩이들은 순식간에 아군의 병사들을 갈가리 찢어버리고, 불에 태워버리면서 진형을 무너뜨렸다.

순식간이라는 단어가 너무나 잘 어울렸다.

"저, 저게 대체……."

일수유의 시간이 흐른 뒤 작센 백작이 멍한 표정으로 그렇게 말을 흘려냈지만 그 말에 대답할 수 있는 사람은 아무도 없었다.

병사들과 마찬가지로 자신들도 공황 상태에 빠져 있었기 때문이다.

특히 돌격 명령을 내렸던 플루토 사령관은 가장 심했다.

자신의 명령, 잘못된 생각 때문에 지금 애꿎은 병사 수백, 아니 족히 천은 넘어 보일 거 같은 병사들을 죽음으로 몰았다.

"저, 저걸 숨겨두고 있던 것인가……!"

더불어 화가 났다.

자신의 머리가 아둔해 파악하지 못했지만, 그런 생각 따윈 하지 않고 플루토 사령관은 그저 화가 났다.

"황금사자 기사단은 모두 준비하라!"

"네에……!"

들끓는 가슴속에 울화를 지금 어떻게든 풀어내지 않으면 지금이던, 나중이던지 가슴이 아예 녹아내릴 것 같았다.

그래서 아직은 온전한 황금사자 기사단에게 전투 준비를 명령했다.

"기병대도 준비시켜라!"

"네? 아, 네!"

그의 분노 가득한 외침에 웨이즈 남작이 얼떨결에 대답하고는 급히 기병대를 준비시키라는 명령을 주변에 고래고래 소리치며 내렸다.

부글부글.

끓는 화산보다도 더욱 열화 같은 분노였다.

그리고 그 분노가 무엇 때문인지 플루토 사령관은 알아차렸다. 그건 바로 자기 자신에 대한 분노였다.

'이 무슨……!'

어리석은 짓이란 말인가!

이런 생각이 머릿속에 떠오르기 시작하더니 내려가질 않았다. 더욱이 더없이 허무하게 죽은 병사들에게 너무나 미안해졌다.

그게 플루토 사령관이 분노한 이유였다.

"저, 적의 기병대가 돌격을 시작했습니다!"

"보고 있네."

작센 백작의 외침에 플루토 사령관은 심유한 눈으로 전방을 살펴봤다.

경사도가 아주 살짝 있는 언덕에서 적의 기병대가 돌격을 시작하는 모습은 그의 눈에도 보였다.

"기, 기사… 아니! 창을 든 여기사가 가장 선두에 있습니다!"

“……”

두 번째 외침.

그 외침에는 대답하지 않았다.

작센 백작이 저도 모르게 언급할 뻔한 기사왕이라는 단어.

그건 순전히 플루토 사령관 본인이 만들어준 초인명이었
다.

첫 대면 당시 말에서 내려 왕에게 취하는 기사의 예를 표한
것이 그 시작이었다.

씁쓸한 일이다.

적의 무위에 취해 전쟁터 한복판에서 예를 취하다니.

그건 지금 생각해도 참 어처구니없고, 멍청한 짓이 아니었
을까 하는 생각이 들었다.

하지만 마음 한구석에선 누구도 그 예를 취하는 데 이견이
있을 리가 없다 하는 마음을 동시에 가지고 있었다.

물론 겉으로 드러내놓고 생각하진 않았다.

본인 스스로도 잘 알다시피, 지금은 전쟁 중이었기 때문이
다.

“주, 중군의 보병과 부딪쳤습니다!”

“알고 있네! 준비는 아직인가!”

“끝났습니다!”

“좋다! 중군에게 명령을 내려라! 길을 열라고!”

“헉!”

플루토 사령관의 말이 떨어지자마자 여기저기서 헉 하는 신음이 들렸다. 그의 명령이 얼마나 위험한지 듣는 순간 바로 깨달았기 때문이다.

플루토 후작 겸 사령관이 바젠틴에선 존경받는 기사이자 귀족이란 건 그 누구도 이견을 달지 않았다.

하나…….

그건 그거고.

저 맹렬한 기세로 돌격하는 '기사왕' 보다 플루토 사령관이 강할 거라는 생각은 그 누구도 하지 않았다. 부사령관이었고, 백작의 지위를 가지고 있었으며, 따로 흑사자 기사단의 단장이었던 로턴 경도 적군의 '거신' 이라 불리는 기사에게 단 한 수에 죽지 않았는가.

"위험합니다! 사령관님!"

"맞습니다! 지금은 차라리 병력을 운용해서……."

작센 백작과 웨이즈 남작은 서둘러 플루토 사령관의 행동을 막아섰다. 지금 이 상황에서 플루토 사령관이 전투에 직접 참여하고, 혹여 죽기라도 한다면 그다음은 정말 답이 없다는 걸 본능적으로 깨달았기에 나온 행동이었다.

하지만 그건 그들의 생각.

"닥치거라!"

플루토 사령관은 전혀 그럴 마음이 없었다.

"사령관님!"

"냉정하게 생각하셔야 합니다!"

"닥치라고 하지 않았느냐!"

이게 바젠틴군의 약점이었다.

최초 이레인이 말했고, 란스가 좀 전에 바이칼 후작에게 다시 한 번 설명했던 바젠틴군의 약점 말이다.

만약 냉정한 사령관이 따로 있었다면 결코 지금과 같은 선택을 하지 않았을 것이다. 아니, 애초에 차라리 바이칼 요새에 매달리지 않았을 것이다.

좀 더 능동적으로 군을 움직이면서 체르니군에게 압박을 심어줬겠지만… 아쉽게도 군의 총사령관과 부사령관은 정통 기사가 잡고 말았다.

열정은 있는데, 냉정이 없다.

특히 군을 움직여 제대로 전투를 치러본 적이 뮤란다 원정밖에 없는데 그때도 사실상 리온 대공자가 총지휘를 맡았었고, 플루토 사령관은 다른 작전을 맡았었다.

그러니 애초에 군을 제대로 움직일 재목이 아닌 것이다.

"제발 다시 한 번 생각해주십시오!"

"지금은 냉정해져야 할 때입니다!"

반면 작센 백작과 웨이즈 남작은 모두 뮤란다 원정을 제대로 치른 경험이 있었다. 그래서 지금은 물러나야 할 때라는 걸 잘 알았다.

만약 이런 자들이 군을 움직이는 사령관의 자리에 앉았다면 상황이 달리 흘러가겠지만…….

"이놈들! 다시 한 번 그런 소릴 하면 내 직접 너희의 목을 베겠다!"

"……."

"……."

플루토 사령관의 거친 고함에 그들은 결국 입을 다물고 말았다.

그리고 서로 동시에 머릿속에 비슷한 생각을 떠올렸다.

'틀렸어. 사령관의 부재는……. 아아, 이걸 어떻게 해야 한단 말인가…….'

'지금이라도 군을 물려야 한다! 하지만 대체 어떻게……!'

군을 움직이는 건 사령관의 권한이다.

보좌하는 부관의 입장으로 군에 참가한 둘에게는 그런 권한이 없었다. 이런 경우 그 권한을 가질 수 있는 방법은 딱 하나.

'사령관의 부재…….'

그렇다.

부사령관이 전사해 공석으로 비어 있는 지금, 사령관마저 전사한다면 가장 최고 계급의 귀족인 작센 백작에게 그 권한이 넘어갈 터였다.

하나 둘은 그 생각을 곧 털어버리고 있었다.

그 생각 자체가 사령관인 플루토가 죽길 바라는 것처럼 느껴졌기 때문이다. 그리고 그 잠깐의 생각을 둘이 하는 동안에 플루토 사령관은 이미 말에 올라 돌격 준비를 끝내고 있었다.

"중군을 길을 열어라! 내 직접 적을 처단하겠다! 이랴! 황금사자 기사단과 기병대는 나를 따르라! 이랴앗!"

히히히힝!

플루토 사령관이 외침에 그가 탄 말이 거칠게 앞발을 들고 투레질을 하더니 곧 대지를 박차고 힘차게 뛰어가기 시작했다.

그리고 그 뒤를 받치고 달리는 군의 사천 기의 기병과 황금사자 기사단의 이백이 뒤를 받치고 달렸다.

두드드드드!

"…지겠습니다, 이 전쟁……."

"동감이네……. 하아."

웨이즈 남작의 한탄에 작센 백작도 한숨을 쉬며 그 말에 동의했다.

체르니의 돌격기병과 그 기병의 선두에 선 수장, 그리고 좀 전에 출진한 플루토 사령관과 황금사자 기사단을 포함한 아군의 기병.

그 수는 대략 비슷해 보이지만…….

실력의 차이는 너무나 명확하다.

특히 창을 든 여기사.

이제는 기사왕이라고 불리는 그 기사와 플루토 사령관의 실력의 차이가 너무나 거대했다. 기병전은 누가 뭐래도 기세 싸움이다.

기사왕의 질릴 만한 무력 앞에서는 아마 아무것도 소용없으리라.

그걸 두 사람은 뮤란다 원정에서 아주 많이 봐왔다.

"어떻게 하시겠습니까……?"

"일단 군을 수습해야겠네. 플루토 후작님은… 아마 살아 돌아오긴 어려우실 게야. 그러니 혼란에 빠진 군을 수습하는 게 먼저라 생각하네. 전열을 뒤로 물려 가다듬으시게."

"네."

거침없이 내리는 명령과 좀 전까지는 사령관이었던 자에게 내리는 사망 선고.

전쟁의 처절함이 결코 플루토 사령관을 비껴나가지 않을 것이라고 작센 백작은 바로 생각했다.

작센 백작은 한숨을 내쉬었다.

"후우……."

그의 머릿속엔 지금 떠오른 것은 단 하나.

이번 전투는… 힘들다는 생각이었다.

그리고 그가 그런 생각을 할 때쯤, 두 기병대가 중앙에서 거칠게 격돌했다.

꽈지직!

쾅!

유라가 선두에서 진격하는 체르니 기병은 그대로 적의 중앙을 들이받았다. 그리고 결과는 처참했다.

이미 적은 혼란에 빠진 상황이어서 우왕좌왕하기만 했었고, 그다음은 달려드는 기마에 공포를 느끼고 사지가 뻣뻣하게 굳어 버렸다.

전부는 아니지만, 선두에 선 병사들은 대부분이 그렇게 되어 버렸다.

그런 통나무 같은 적의 중앙군을 급습한 체르니 기병.

처참한 상황이 연출됐다.

그대로 찢어발기거나 말발굽으로 짓밟고, 손에 든 창으로 사정없이 적의 팔다리, 그리고 목을 수확했다.

"으아악!"

"사, 살려줘……!"

잔뜩 밀집해 있는 탓에 도망치기도 쉽지 않았다. 그러다 결국 공포가 한계에 돌입했는지 타오르는 불구덩이로 몸을 날리는 병사들이 생겨나기 시작했다.

그들의 공포의 근원에는 가장 선두에 선 유라가 있었다.

하나의 날카로운 뿔이 달린 투구를 쓰고, 금발의 머리카락을 휘날리며 반달처럼 생긴 기형의 날을 가진 창을 휘두르며 무자비하게 사람을 도륙하는 유라의 모습에 모두가 질려 버린 것이다.

"……"

투구 사이로는 아무것도 보이지 않았다.

그저 감은 눈일 뿐인데, 그게 바젠틴의 병사들에게는 그렇게 보이지 않았다. 태양을 등지고 돌격하는 마당이라 그림자가 생겨 유라의 얼굴에 그늘이 지게 만들었고, 그게 곧 눈동자 없는 '악마'를 연상시켰다.

아주 잠깐이지만 이지를 빼앗긴 것이다.

"속도를 늦추지 말고 모두 제 뒤를!"

네!

유라의 외침에 체르니 기병 전체가 화답했다.

아니, 복명복창했다.

신기하게도 전장 전체를 울리는 유라의 목소리.

크게 기백이 담긴 목소리도 아닌데 유라의 목소리는 모두의 귀에 똑똑히 박히듯이 울렸고, 그 목소리에 체르니 기병 전체가 화답한 것이다.

서걱!

꽈드득!

쾅!

유라가 돌격하면 할수록 아주 다채로운 음향이 들려왔다. 물론 그 음향은 결코 좋은 음향은 아니었다.

사람의 뼈가 갈라지는 소리.

육신이 파열하는 소리.

신체 어딘가가 터져 나가는 소리.

가차없는 돌격이었다.

"비켜라! 중군은 모두 물러서라!"

그때 저 멀리서 외침이 들렸다.

그 외침은 당연히 플루토 후작의 외침이었다.

둥!

둥……!

중군은 길을 열어라…!

중군은 길을 열어라……!

바젠틴의 진형에서 마법 확성기를 타고 명령이 전달됐고, 그제야 중군은 미친 듯이 좌우로 나누어지기 시작했다.

불이고 나발이고 간에 앞에서는 체르니의 공포스러운 기병이, 후방에서도 아군의 기병대가 달려오니 가만히 있으면 압사당할지도 모른다는 생각에 나온 필사적인 행동이었다.

순식간에 중군의 대열이 갈라지며 두 기병대가 부딪칠 전장을 만들었다.

고속으로 질주하는 기마의 무리.

"하앗!"

가느다란 미성이지만 전장을 가득 울리는 기합 소리와 함께 유라는 언월도를 뒤로 당겼다가 그대로 벼락처럼 내리그었다.

그리고 유라를 대변하는 최강의 공부.

공간제압격(空間制壓擊)이 화신(火神) '아기니(阿耆尼)' 의 권능을 담고 공간을 넘어 적 기마대의 선두에 직격했다.

쾅……!

"크악!"

"으아악!"

반달처럼 생긴 거대한 구체가 적의 선두에 맹렬하게 직격하자마자 비명이 마구잡이로 터져 나왔다.

히히히힝!

히힝!

동시에 말도 달리던 걸 멈추고 미친 듯이 울부짖기 시작했다.

사람과 말을 동시에 태우는 거대한 화염에 휩싸이자 말의 공포를 자극한 것이다. 또한 불에서 느껴지는 그 거대한 신격의 힘은 말이라는 짐승의 본능을 자극했다.

말이 미친 듯이 달리던 걸 멈추면 과연 어떻게 될까?

그것도 몇천 기의 말이 나란히 달리던 와중에 선두의 말들이 멈춰 서버리면… 결과는 아마 상상 이상으로 끔찍할 것이다.

그리고 그 끔찍한 일이 실제로 일어났다.

"우왁!"

"크악! 아악!"

달리던 말이 멈춰 서는 순간 그 위에 탄 기수는 정말 신에 다

다른 기마술을 가지고 있지 않고서는 웬만해선 낙마를 면하기
힘들다.

그리고 단체로 달리던 말에서 떨어지면?

그대로 저승길로 갈 수밖에 없다.

이유는 바로 뒤에서 달려들던 말 때문이다.

전속력으로 달리던 말발굽에 밟히고도 사람이 살 수 있는
방법은 없다.

그것도 한두 마리도 아닌, 뒤로 몇천 기의 말이 연이어 달려
오고 있는데.

하지만 중요한 건 낙마가 중요한 게 아니었다.

기수 없는 말들의 방황.

그것 역시 바로 대열을 흐리게 만들었고, 흐려진 그 대열을
향해 유라가 이끄는 사기충천의 기병대가 그대로 들이박았다
는 점이다.

이미 오를 대로 오른 사기.

그간 당했던 약소국의 서러움.

그 서러움이 승화된 독기.

마지막으로… 이미 '군주(君主)'로서의 위엄과 명성, 그리고
능력을 보여주는 유라가 함께하고 있다는 점이…….

체르니 기병대를 그야말로 대륙 최강이라는 표현이 무방할
정도의 막강한 타격대로 바꾸어 버렸다.

퍽!

쫘드득!

우드득!

말발굽으로 찍어버리고, 창으로 찌르고, 검으로 베고, 온갖 공격들이 터지면서 체르니 기병대는 바젠틴 기병을 그야말로 완벽하게 짓밟기 시작했다.

이미 유라가 날린 공간제압격 때문에 대열이 흐트러진 기병대는 기병으로서의 이점을 완전하게 잃어버렸다는 것을 뜻했다.

그리고 그건 곧 전투에서 승리할 수 있는 이점 자체를 잃었다는 것.

"기사왕의 뒤를 따르라!"

"베어 넘겨라! 악착같이 베어 넘겨라!"

두드드드드드!

우와아아아아!

악에 받친 체르니 기병대의 부장들이 외치는 소리에 체르니 군은 다시 한 번 거대한 함성을 만들어 냈다.

지축을 울리는 말발굽 소리와 사지를 절단 내고, 육신을 터뜨리는 그 소리에 바젠틴 군사들의 기세는 빠르게 꺾여만 갔다.

아니, 이미 바닥을 치고 있었다.

모든 체르니 병사들의 얼굴이 바젠틴 군사들의 눈에 악귀처럼 보이기 시작했다.

하지만 그들이 가장 두려운 건 그 악귀들의 선두에서 여인의 몸으로 무시무시한 기세로 창을 휘두르며 아군의 사지를 박살 내는 유라였다.

들려오던 소문으로 접한 그녀의 무력은 '존경'의 대상이었지만 지금은… 그저 악몽과도 같았다.

란스는 최초 그 자리에 못 박힌 듯 선 채 유라의 돌격을 두 눈에 담고 있었다. 그리고 그 눈엔 걱정이라는 감정은 섞여 있지 않았다.

누구보다 유라의 무력을 잘 아는 란스다.

겨우 저런 전투에서 유라가 어떻게 될 거라는 상상은 아주 조금도 들지 않았다.

유라의 무력에 가지는 절대적인 믿음.

"슬슬 다음 작전을 시작하는 게 좋겠습니다."

옆에 서서 마찬가지로 전황을 살펴보던 바이칼 후작의 말에 란스는 시선도 돌리지 않고 고개를 끄덕였다.

"그럼 보병부대를 부탁드립니다."

"걱정하지 마십시오. 적을 꼭 사지로 몰아넣겠습니다. 란스 기사님도 조심하십시오."

"알겠습니다. 그럼……"

이미 작전에 대한 건 모두 머릿속에 집어넣은 둘.

하나 마지막으로 서로에게 신신당부하고 나서야 란스는 손을 번쩍 들며 입을 열어 거대한 외침을 토해냈다.

"돌격 준비!"

란스가 손을 들고 거대한 외침을 토해내자 뒤편에서 바로 '네!' 하고 하나로 모인 대답이 들려왔다.

"돌격!"

란스는 손을 바로 내리며 외치고는 바로 말의 고삐를 잡아당겼다.

히히히힝!

란스를 태운 거대한 흑마가 앞발을 치켜들며 거칠게 투레질을 하고는 곧 지면을 박차고 힘차게 뛰어나가기 시작했다.

그리고 그 뒤를 이어나가는 체르니 기병들.

성안에 있던 모든 기병을 쥐어짠 기병이라 전부 이천 기 정도밖에 안 되지만 이 정도로도 저 공포에 얼어붙은 바젠틴군을 상대하기엔 충분했다.

두드드드!

지면이 울리기 시작하자 다시금 먼지 구름과 공포감을 앞세운 말발굽 소리가 전장에 울려 퍼졌다.

그러자 멍하니 학살당하던 아군의 기병대를 바라보던 보병들의 시선이 란스가 이끄는 체르니 기병대에게로 넘어왔다.

하지만 이미 늦었다.

란스는 좌로 선회한 다음 아직도 거세게 불타고 있는 지역을 피해 그대로 보병부대의 옆구리를 끝에서부터 일자로 뚫고 들어갔다.

"방패! 방패병들은 앞으로!"

"정신 차려라! 창병들은 방패병들의 뒤에 서라! 창을 내밀어 적의 기병을 막아라! 어서! 어서 막으란 말이다!"

그 갑작스러운 상황에 사색이 된 독전관들과 부장급 지휘관들이 미친 듯이 외쳤다. 하지만 이미 늦었다.

병사들은 고대 마력포가 쏘아진 이후부터 이미 전의를 잃기 시작했으며, 유라의 기병대가 보여주는 파괴력에 이미 질릴 만큼 질려 있었다.

"시, 싫어!"

"이건 개죽임이야! 나, 난 이렇게 죽기 싫어! 으아악!"

바닥난 전투 의욕이 고작 그들의 외침에 살아났을 것 같으면 애초에 사기가 떨어지지도 않았을 것이다.

창과 방패를 버리고 미친 듯이 뒤로 후퇴하는 바젠틴군.

"멈춰라! 전열을 유지해라!"

"도망가면 다 죽는단 말이다! 창을 내밀어라! 말만 찌르면 살 수 있다!"

아무리 외쳐봐야 소용없었다.

이미 떨어진 사기 때문에 병사들의 귀에 그들의 외침은 아예 들리지도 않았다.

우와와아아아!

바젠틴군을 죽여라!

부모의 원수를 갚아라!

가족의 한을 갚을 기회다!

그리고 구름처럼 '많아 보이'는 바이칼 요새의 보병들이 바이칼 후작과 실바에르 부관의 진두지휘 하에 마치 파도처럼 밀려들기 시작했다.

그 보병들의 돌격을 보며 바젠틴군의 사기는 아예 꺾이다 못해 사라져 버렸다.

둥……!

두웅……!

그리고 바젠틴군에서 후퇴를 알리는 북소리가 전장 가득히 울려 퍼졌다.

Chapter
62

몰이사냥 ②

평원을 내달리는 일단의 기마 무리가 있었다.

당연히 체르니 기병대였다.

다만 이 기병대는 바이칼 요새에서 나온 병력이 아닌, 앤드류가 각 도시를 돌며 모은 병사들과 수도에서 징집하고 훈련한 병사 중 훈련 성과가 좋은 선발대의 기병을 전부 합쳐 만든 타격대였다.

"서둘러라! 반드시 적이 강에 도착하기 전에 도착해야 한다!"

선두에서 앤드류가 목이 터지라 외쳤다.

앤드류는 이 작전을 직접 계획한 만큼 열정이 남달랐다. 그

열정으로 인해 사람의 목숨이 끊기겠지만 이미 전쟁이라는 특수성을 누구보다 잘 이해하고 있기에 이를 악물고 병사들을 독촉했다.

두드드드드!

약 이천에 달하는 기병이 강줄기를 타고 미친 듯이 북상했다. 처음부터 적의 첩보 따위는 신경 쓰지 않고 달리는 작전이었다.

그렇게 말이 지칠 때까지 내달린 기병대는 목표했던 지점에 도착할 수 있었다.

도착하자 손을 들어 기병의 질주를 멈추고 말에서 내린 앤드류가 같이 기병을 이끌고 온 루에게 말했다.

"후우, 다행이야. 제시간에 도착했나 봐."

"그러게, 여기에 병사가 없다는 건 아직 전투가 일어나기 전 아니면 이제 전투가 맞붙었겠네."

"그렇겠지."

"과연 적이 이곳으로 올까?"

루가 되묻자 앤드류는 품에서 마른 천을 꺼낸 다음 말의 안장에 매달려 있던 가죽 주머니에서 물을 적셔 먼지투성이인 얼굴을 닦았다.

그 행동을 보고 루도 마찬가지로 천을 꺼낸 다음 물에 적셔 얼굴을 닦았다.

어느 정도 천으로 얼굴을 닦은 앤드류가 루를 보며 말했다.

"아마 반드시 올걸? 적에게 뛰어난 책사가 있지 않은 이상 말이야."

"왜?"

"전투도 마찬가지지만 후퇴도 목숨을 동반해. 뒤를 잡혀 쫓기게 되면 그 압박감 때문에 다른 건 생각할 수 없게 되겠지. 그렇다면 결국 일직선으로 도망칠 뿐이야. 그리고 이곳이 그 일직선상 거리의 끝에 있는 곳이고. 기다리다 보면 반드시 이곳으로 올 거야."

"흐음……."

루는 앤드류의 확신 가득한 말에 낮은 신음을 내었다.

그리곤 속으로 생각해 봤다.

과연 정말 앤드류의 말처럼 적이 이곳으로 올까? 앤드류의 말이 못 믿는 건 아니나 정말 앤드류의 말대로 딱 맞아떨어질까? 하는 의문이 생긴 것이다.

"루, 나를 믿어. 적은 반드시 이곳으로 올 거야. 우리가 할 일은 이제 좀 기다리면서 체력을 회복한 후, 적의 퇴군하는 선봉을 꺾어 진로를 트는 일이야."

"좋아, 믿을게."

"그래, 믿어."

앤드류는 그렇게 말하고는 믿음 가득한 웃음을 한 차례 지었다.

그 후 바로 나서서 기병대를 움직이기 시작했다.

"콜! 지금 바로 정찰에 나가! 적이 오면 바로 돌아오는 거 잊지 말고!"

"네!"

앤드류의 고함에 마찬가지로 쉬고 있던 콜이 바로 앞으로 달려갔다. 말을 타고 가면 노출이 될지도 모르니 말을 버리고 가는 콜.

무슨 일이 있을지도 모르지만 그래도 큰 걱정은 없을 것이다. 누구보다 빠른 발을 가졌기 때문에 무슨 일이 생겨도 그 빠른 발을 이용해 잘 도망칠 수 있을 것이기 때문이다.

콜을 보낸 후 앤드류는 몇몇 발 빠른 자들을 골라 더 정찰에 보냈다. 콜 혼자 광범위하게 지켜볼 수 없으니 남는 인원을 더 보낸 것이다.

그다음 앤드류는 말에 싣고 온 쇳덩어리를 꺼냈다.

그리고 그걸 높은 지형을 골라 배치하는 앤드류.

말할 것도 없이 쇳덩이는 고대 마력포였다.

산에서 온 건 전부 50문.

그중 30문은 바이칼 요새로 은밀히 보내 쓰게 했고, 남은 20문과 원래 가지고 있던 10문을 합쳐 총 30문은 이쪽에서 운용하기로 했다.

앤드류는 마력포가 가지는 파괴력을 아주 잘 알고 있었다.

인간의 근원적 공포를 자극하기에는 차다 못해 아주 넘치는 고대 마력포. 그래서 그는 이 작전이 성공할 수 있을 거라 확신

하고 있었다.

포를 강가에서 언덕 좀 넘는 곳에 비스듬히 배치했다. 정면으로 막아서면 미친 듯이 달려들 테니 도망갈 구멍을 만들어 놓은 것이다.

그다음은 옆에 기병을 배치시켰다.

혹시 적이 무시하고 돌격하면 루를 앞세운 기병대를 돌격시킬 작정이었다.

또한 앤드류의 예상대로라면 지금쯤 체르니 안쪽으로는 도망가지 못하도록 라이칸 단장과 어쩔 수 없이 불러들여 전쟁에 참여시킨 가레아스 성주가 보병을 넓게 펼친 채 진로를 막고 진군 중일 터였다.

"끝났어?"

"응. 이제 기다리기만 하면 돼."

루가 앤드류가 지휘하는 걸 보다 마무리가 되자 물었고, 앤드류는 고개를 끄덕이며 이제 끝났다고 대답했다.

그리곤 바닥에 털썩 주저앉았다.

이리저리 뛰어다닌 탓에 지친 것 같았다.

하지만 얼굴에는 힘든 기색을 하나도 내비치지 않았다. 명목상으로도, 그리고 콘라드 후작이 부여한 계급상으로도 앤드류는 이쪽 기병을 이끄는 최고 사령관 중 하나다.

그러니 결코 힘든 기색, 불안한 기색을 병사들에게 보여줄 수는 없었다.

병사들은 사령관의 능력과 몸짓, 표정에서 힘을 얻고, 뺏기는 건 고금을 통틀어 모든 전쟁에서 한 번쯤은 빠지지 않고 나온 진리 중의 진리다.

그러니 앤드류는 힘들어도 힘든 티를 내서는 안 됐다.

많은 병법서를 읽은 것은 아니지만 앤드류는 그런 것을 본능적으로 알고 있었다.

그래서 앤드류는 지금 바닥에 주저앉아 있긴 했지만 얼굴은 자신감에 가득 차 웃고 있었다. 그걸 만들어낸 것이든, 아니면 본능적으로 하고 있는 것이든 앤드류가 대단하다는 것엔 모두 이견이 없었다.

"그럼 나도 느긋이 기다려 볼까?"

"후후, 힘 좀 써야 할지도 모르니 푹 쉬고 있어."

"훗, 그럴게."

루는 웃으며 대답해온 앤드류의 말에 가볍게 대답하고는 설치되어 있던 마력포 위에 다리를 꼬고 앉아 눈을 감았다.

휘이이잉!

이젠 차갑다고 표현해도 될 매서운 바람이 한차례 불더니 루의 머리카락을 간질거리며 휘날리게 만들었다.

"……."

하지만 루는 미동도 하지 않았다.

그저 앉은 상태 그대로 고요를 연출했다.

사실 지금의 루는 학살을 벌이던 때와는 많이 달라져 있었다. 일단 마음이 굉장히 편안해져 있는 상태였다.

흥분과 분노에 빠졌던 그때와는 분위기 자체가 달랐다.

피가 뚝뚝 떨어질 것 같은 공포를 조성하고, 두 눈동자가 피에 젖은 것처럼 붉게 번들거렸다면 지금은 그저 차분해 보일 뿐이었다.

모두가 태을청명의 힘이었다.

루는 그때 자신의 모습에서 불현듯 경각심을 느꼈다. 별다른 일이 없는데도 피를 갈구하는 자신의 모습에 놀란 것이다.

그래서 첫 번째 마을에 들렀을 때부터 하루에 두 번씩 빼먹지 않고 마음을 안정시켰다. 그게 지금 효과가 있는지 루의 모습을 전과는 아주 다르게 만들어줬다.

그건 루를 바라보는 시선에서도 차이가 나게 만들었다.

예전에는 날이 선 루의 기세 때문에 모두 그를 어려워하고, 마음이 조금 약한 병사들은 심지어 두려워했지만 지금은 그저 '존경' 하는 시선으로 변했다.

특히 마음의 여유가 생긴 덕분에 가끔가다 나누는 병사들과의 대화가 더욱 루의 이미지를 바꿔놓는 데 많은 일조를 했다.

지금의 루도 그랬다.

조용히 눈 감은 모습은 그저 산책하러 나와 오수를 즐기는 모습 정도로 보였다. 긴장이라고는 하나도 없는 그 모습에 그걸 지켜보는 병사들도 마음이 편해졌다.

루는 이제 누구도 부정할 수 없는 강자다.

비록 확인되진 않았지만 루가 바첸틴의 실세이자 최강의 무력을 보유한 리오 라이언 공작과의 일대일 대결에서 우위를 잡았다는 소문은 모든 병사가 너나없이 알고 있다.

거기다 가끔 몸을 풀 때 보여주는 그 압도적인 속도의 검은 루가 초인이라 불리는 데 이견이 없게 만들었다.

초인과 함께하는 자신.

병사들 하나하나가 그런 마음을 가지면서 좀 더 여유가 생겼고 자신감이 붙었으며, 그런 감정들이 쌓이고 쌓여 전쟁에서 이길 수 있다는 가슴 벅찬 희망으로 변한 것이다.

그건 굉장히 고무적인 일이다.

그 자체가 전쟁에서 가장 중요한 바로 사기의 상승을 불러오기 때문이다.

이 모든 게 루와 미오 단둘에 의해 생긴 일이었다.

'대단한 녀석……'

피식.

앤드류는 루의 그런 침착한 모습에 슬쩍 웃고는 전방을 바라봤다. 아직까지 어떠한 변화도 감지되지 않는 평원.

하나 이 평원은 조금만 있으면 병사들의 군홧발에 짓밟히며 몸서리를 칠 것이다.

'후우……'

속으로 한숨을 내쉬는 앤드류.

역시 누구보다 긴장되는 건 앤드류였다.

자신의 말처럼 흘러갈 경우에는 정말 아군에겐 최소한의 피해가 올 것이다. 물론 적에겐 회생불능의 피해로 다가올 것이고.

아니, 전멸을 금치 못할 것이다.

그때였다.

"앤드류."

"응?"

루가 어느새 눈을 뜨고 자리에서 일어나 저 멀리 평원을 바라봤다.

"온다."

"응?"

"네 말처럼… 적이 지금 몰려오고 있어."

"뭐?"

루의 말에 앤드류는 급히 전방으로 시선을 던졌다. 하지만 당연하게도 아무것도 보이는 게 없었다.

앤드류가 고개를 갸웃거리자 루가 다시 말했다.

"공포에 질린 무리가 지금 빠른 속도로 이쪽으로 오고 있다. 곧 모습을 나타낼 거야. 나를 믿어, 앤드류."

"…그래."

루는 바로 품속에서 큰 가죽 주머니 두 개 꺼내 앤드류에게 던졌다. 연금동전과 루와 미오의 기운이 담긴 다이아몬드, 그리고 사파이어가 가득 들어 있는 가죽 주머니였다.

"전투 준비! 마력포병대는 앞으로!"

"네에!"

가죽을 맞은 즉시 외치는 앤드류의 고함에 쉬고 있던 병사들이 벼락처럼 일어서며 각자의 자리로 향했다.

그리고 남은 총기사, 백인결사의 기사들이 동전과 보석을 받아 마력포에 부착시켰다.

"……."

"……."

잠시 숨이 멎을 것 같은 침묵이 흐른 후. 저 멀리 검은 점들이 곳곳에 나타났다. 그건 다수였지만 그렇다고 많은 것도 아니었다.

하지만 그 움직이는 검은 점으로 인해 루의 말이 더욱 확실해졌다. 저건 콜을 포함한 척후병들이었다.

아마 이렇게 다시 되돌아 달려오는 이유는 딱 하나일 것이다.

병력이 보인다.

후퇴하는 병력이 보이니 그걸 확인하고 이렇게 보고하러 되돌아오는 것이다.

"정확하군."

그걸 아는 앤드류가 중얼거리자 루가 피식 웃으며 말했다.

"말했잖아. 믿으라고."

"그래, 대단하다. 어떻게 알았어?"

앤드류가 어떻게 알았느냐고 묻자 루가 희미한 미소를 지었다.

"있어."

"비밀이라는 거야?"

"응."

그 물음에 가볍게 단답형으로 대답하는 루의 모습에 앤드류는 작게 실소를 흘렸다. 하지만 기분 나쁜 실소는 아니었다.

속으로 이렇게 생각했기 때문이다.

'우리가 알지 못하는 게 있겠지. 암, 초인인데……'

초인.

그 생각 하나로 모든 게 종결.

그걸 끝으로 한동안 둘은 대화가 없었다.

잠시 기다리자 어느새 도착한 척후병들이 보고를 했고, 앤드류는 고개를 끄덕이는 걸로 보고를 받았다.

"……."

"……."

그다음은 역시 침묵이었다.

그렇게 일수유의 시간이 흐르고, 저 멀리 새까맣게 몰려오는 인마의 무리가 보였다. 볼 것도 없이 후퇴하는 바젠틴군이었다.

먼지를 일으키며 달려오는 바젠틴군을 보며 모두가 긴장하기 시작했다. 이긴다, 이긴다 했지만 본능적인 공포는 어쩔 수 없던 것이다.

꿀꺽!

너무 긴장해서 고요가 생긴 바람에 누군가가 침을 삼키는 소리마저 아주 적나라하게 주변 사람들에게 들려왔다.

거리가 가까워지면서 바젠틴군도 루와 앤드류가 이끄는 병력을 확인했을 것이다. 하지만 그들은 돌격을 멈추지 않았다.

그냥 미친 듯이 밀고 들어왔다.

한눈에 봐도 소수.

병력으로 밀어붙이려고 하는 게 분명했다.

하지만 그건 오판이었고, 무능한 지휘관이나 할 법한 어리석은 선택이었다.

"준비!"

"준비!"

앤드류가 외치자 복명복창을 하며 준비하는 총기사들과 백인결사의 기사들. 모두가 눈을 빛내며 다음 명령을 기다렸다.

그리고 사거리에 들어오자마자 앤드류는 가차없이 다음 명령을 내렸다.

"발사!"

"발사아……!"

두 번째 몰이를 알리는 마력탄이 다시금 허공을 가르며 솟아올랐다.

　　　　　*　　　　　*　　　　　*

　선두에서 병력을 이끌고 도주하던 작센 백작과 웨이즈 남작
은 저 멀리서 낮은 언덕위에 포진한 일단 무리를 발견했다.

　하지만 한눈에 보기에도 그 병력의 수는 얼마 되어 보이지
도 않았다.

　많아 봐야 일천? 이천?

　모두가 기병으로 이루어져 있지만 그 정도의 기병이라면 후
퇴 중인 군으로도 상대가 가능할 거라고 여겼다.

　"어떻게 하시겠습니까!"

　"그대로 돌격하게! 그래야 저 뒤에 있는 강으로 가 숨겨놓은
배로 도강할 수 있네! 지금은 방향을 틀 수 없어!"

　"하지만 또 그 불을 뿜어내는 이상한 것을 쏠지도 모릅니
다!"

　"그래도 달려야 하네! 지금은 어느 쪽으로도 방향을 틀 수
없어!"

　웨이즈 남작의 말에도 작센 백작은 돌격을 멈출 생각이 없
었다.

　방향을 오른쪽으로 틀면 그대로 체르니 왕국 안으로 향하게
된다. 그럼 결국 도망치다 지쳐 싸 먹힐 게 분명했다.

　그렇다고 반대로 틀자니 그것도 불가능했다. 그는 알고 있
었다. 안쪽으로 트는 순간 지옥의 아가리에 스스로 몸뚱이를

들이밀게 된다는 것을.

지도로 이미 이곳의 지형을 파악했기 때문에 반대쪽으론 절대로 틀 생각이 없었다.

그렇다면 남은 방법은 저 소수의 병력을 몰아내고 숨겨놓은 배를 타고 도강하는 방법밖에 없었다.

그렇게 하지 않는다면 살아남을 확률이 미친 듯이 하락할 것이다.

그래서 그는 돌격이라는 방법을 바꾸지 않았다.

하나, 정확히는 바꿀 수 없었다.

자신의 목숨이 걸려 있기 때문이다.

'병사들의 목숨이야 어찌 됐든 좋다! 하지만 나는……!'

이게 그의 머릿속에 자리 잡고 있는, 그 자신도 알아차리지 못한 감정이었다. 워낙 혼란스러운 순간이라 그냥 넘어가게 된 것이다.

"돌격! 적은 소수다! 모두 적을 뚫고 강가로 향하라! 그곳에 배가 있다! 그러니 모두 힘을 내서 돌격하라!"

"이익……! 돌격! 모두 돌격하라!"

작센 백작이 외치자 웨이즈 남작은 순간 이를 악물었고, 곧 어쩔 수 없이 작센 백작처럼 돌격을 외칠 수밖에 없었다.

'빌어먹을, 빌어먹을!'

거슬린다.

분명히 기마인데 아직도 돌격하지 않고 있는 모습이 너무나 거슬린다.

딱 봐도 뭔가를 노리고 있는 모양새다.

그리고 그게 뭔지는 솔직히 좀 전에도 보지 않았던가.

그 공격이 다시금 날아올 경우 아군의 피해는 정말 상상도 하기 싫게 나타날 것이다.

'이건 아니야! 이쪽으론 돌격을……. 헉!'

달리던 순간 웨이즈 남작은 봐버리고 말았다.

말들 사이로 보이는 거대한 쇠 구조물을.

중앙에 동그랗게 뚫려 있는 그 구멍은 평범한 구멍같이 보이는데도 웨이즈 남작의 눈엔 악마가 아가리를 쩍 벌리고 있는 모양으로 보였다.

바보가 아니라면 당연히 눈치챘을 것이다.

'저, 저건……!'

"피, 피해라! 모두 피해!"

그 순간 하얗고, 파랗게 가열되는 그 구멍을 보며 웨이즈 남작은 미친 듯이 외쳤다. 하지만 그 말이 끝나기 무섭게 상대는 화염탄의 구체와는 전혀 다른, 광선과도 비슷한 무언가를 일직선으로 쏘아버렸다.

쾅……!

콰콰광……!

다시금 지축이 울리며 거대한 굉음을 낳더니,

휘리리릭!

파스스스!

지면에 박혀 터진 광선에서 육신을 갈가리 찢어발길 바람과 뼛속까지 순식간에 얼려 버릴 냉기가 터져 나오기 시작했다.

그건 체르니군에겐 환상이었고, 바젠틴군에게는 지옥이었다.

"으아악!"

"크억……."

"으으, 다리가, 다리가……!"

"지, 지옥이야! 악마다! 으아아아!"

루의 기운이 담긴 마력포에서 터진 바람의 기운은 사방에 그대로 방출되며 근처에 있던 모든 것을 갈가리 찢어버렸다.

물론, 그 대상은 바젠틴군의 병사들이었다.

가죽 갑옷은 아주 가볍게 베어버렸고, 체인메일을 걸치고 있던 병사들의 육신도 그대로 찢어발겼다.

미오의 기운이 담긴 마력포 또한 마찬가지.

마치 영역을 확장하는 것처럼 퍼져 나간 한기가 사람의 육신을 그대로 얼어붙게 만들었다. 그 모습은 안개를 연상케 했다.

하지만 그 안개에 닿은 모든 것이 하얗게 서리가 끼며 모조리 얼어붙었다.

동상처럼 얼어붙진 않았지만, 고도로 농축된 한기가 인간의
몸속에서 흐르는 혈액을 모조리 굳혀 버렸다.

그것만으로도 치명상이었다.

"이, 이게 무슨……."

"……."

멈출 수밖에 없었다.

이 기막힌 기사(奇事)는 만 단위가 넘어가는 군의 돌격을 그
대로 멈춰 버렸다. 저 무지막지한 괴무기가 있는 방향을 향해
달려들고 싶은 마음이 싹 사라진 것이다.

"……."

"……."

작센 백작과 웨이즈 남작도 마찬가지였다.

그들은 운이 좋았는지 마력포의 영향에서 벗어났다.

그리고 멍하니 아비규환이 된 아군의 진형을 보며 침묵해
버렸다. 분명히 무언가 있을 거라고는 생각했다.

하지만 이건 상상을 뛰어넘었다.

유라의 기운이 담긴 화염탄의 위력이야 이미 한 번 겪어 봤
지만… 저건 아니다.

인간의 사지를 찢어 하늘로 날려 버리는 무기나 사람의 육
신을 얼려 버리는 무기 따위는 듣도 보도 못했다.

결코 생각조차 못해봤다.

꿀꺽.

절로 침이 넘어가면서 온몸에 소름이 쭈뼛쭈뼛 일어섰다. 그리고 동시에 머릿속이 하얗게 변해 버렸다.

명령을 내릴 마음조차 사라진 것이다.

그리고 이런 기묘한 침묵에 가장 먼저 반응한 건 역시나 생존 본능이 가장 뛰어난 병사들이었다.

"시, 싫어!"

"사, 살고 싶어!"

"저런 악마들과 싸우고 싶지 않아! 으아아!"

최초의 병사들이 그렇게 발작적으로 외치며 대열을 이탈해 저들과 멀어질 수 있는 '쪽'으로 내달렸다.

그리고 그 몇이 순식간에 몇십, 그리고 몇백, 그다음은 군중 심리에 의해 몇천…….

이윽고 '전부'가 되어버렸다.

그제가 되어서야 작센 백작과 웨이즈 남작이 정신을 차렸다.

"아, 안 된다! 모두 멈춰라!"

"그쪽은 사지다! 가면 안 돼! 모두 전열을 가다듬어라!"

순간 번쩍 든 정신으로 그렇게 외쳤지만 지금 상황에서 둘의 말을 들어줄 병사들은 아무도 없었다.

오죽했으면 군을 소수, 다수 단위로 지휘하던 부장급 인사들은 물론 독전관들까지 모조리 저 대열에 끼어 도망치고 있을까.

그들이라고 살고 싶을 마음이 없을까.

"……"

"…끝났습니다."

멍하니 도망치는 병사들을 보던 작센 백작에게 웨이즈 남작이 조용히 얘기했다. 그리고 웨이즈 남작의 목소리엔 힘이 하나도 없었다.

그도 자신의 운명을 예감한 것이다.

두드드드드!

그때 그들의 고막을 사로잡는 소리.

악몽 같은 말발굽 소리가 다시금 시작된 것이다.

언덕을 따라 내려오기 시작하는 체르니 기병.

순식간에 거리가 좁혀지고 있지만 둘은 움직이지 않았다. 아니, 움직일 수도 없었고, 그럴 힘도 없었다.

이미 포기한 것이다.

"……"

"……"

마치 몰이를 하듯이 체르니 기병들이 도망가는 병사들의 뒤를 쫓기 시작했다.

그리고 대열에서 벗어나 두 명의 청년이 작센 백작과 웨이즈 남작에게 다가왔다.

당연히 루, 그리고 앤드류였다.

"할 말은?"

다가와 말을 멈춰 묻는 루.

루의 물음에 두 귀족은 아무런 말도 못했다.

그러다 무슨 생각이 들었는지 뒤늦게 물어보는 웨이즈 남작.

"저 무기의 이름은 무엇이오?"

"음? 뭐, 어차피 다 이긴 전투니 알려줘도 상관없겠지. 옛 마도시대의 유물이다. 우린 고대 마력포라 부르지."

"고대 마력포라……. 하나만 더 물어도 되겠소?"

"얼마든지."

"이번 작전… 누가 착안했는지 알아도 되겠소?"

그 질문에 루는 가볍게 웃었다.

예전처럼 살기를 가득 내뿜으며 웃는 모습이 아닌, 승자이기에 가질 수 있는 여유있는 미소였다.

"전제적인 착안은 여기 이 친구가. 그리고 그걸 강화시킨 게 내 동생 란스."

"란스가 누구요?"

"있어. 거대한 검을 휘두르는 거구의 기사 …라고 하면 당신도 알 것 같은데?"

"아아……."

루의 말에 웨이즈 남작은 아군 병사들 사이에서 '거신'이라고 불리는 거구의 기사를 생각해 냈다.

"하아, 그런 무력에 그런 지략이라……. 어차피 처음부터 질 전쟁이었군."

한숨과 함께 자조 섞인 어투로 내뱉은 그 말에 루는 이번에
도 조용히 웃었다.

"그런 거지. 그러게 왜 힘이 있다고 함부로 설치고 그래? 자
업자득이라 생각해라. 그럼 할 말은 끝났나?"

"끝났소."

웨이즈 남작은 그렇게 말하고 눈을 감았다.

죽음을 덤덤히 기다리는 모습이었다.

그런 웨이즈 남작을 보던 루가 이번엔 정신이 멍하니 빠져
있는 작센 백작에게 시선을 돌리며 말했다.

"당신은 할 말이……. 할 상황이 아니군. 그럼 잘들 가라."

번쩍!

서걱!

어느새 뽑혀 휘둘러진 분광이 순식간에 둘의 목을 치고 지
나갔다.

뚝.

데굴데굴.

떨어진 목은 허공으로 잠시 솟아오르더니, 곧 중력의 법칙
으로 바닥에 떨어져 데굴데굴 굴러갔다.

그로테스크한 광경이지만 그걸 보는 루는 눈 하나 깜빡하지
도 않았다.

"가자, 앤드류."

“그래.”

둘의 최후를 바라본 둘은 곧 말을 몰아 저 멀리 사라지고 있는 병사들의 뒤를 쫓아가기 시작했다.

몰이는 거의 끝나가고 있었다.

그리고 달려가던 둘의 머릿속엔 거의 동시에 ‘수확’ 만 남았다는 생각이 떠오르기 시작했다.

Chapter
63

재
정
비

군을 통솔해야 할 사령관이 없는 상황에서 나올 수 있는 상황은 거의 하나로 귀결된다. 바로 혼란이다.

사령관이라는 존재는 군을 움직이는 것뿐만 아니라, 병사들에게는 정신적인 지주 역할도 한다.

그건 웬만큼 무능한 지휘관이 아니고서는 거의 모든 사령관이 가지는 역할이다.

그러나 지금 상황은 사령관이 저 스스로 분기를 참지 못하고 돌격했다가 전사했고, 그 뒤의 실권자들은 도주하다가 마찬가지로 전사하고 말았다.

이런 상황이 병사들에게 지대한 공포와 혼란을 가지고 왔다.

사령관이라는 자리에 앉은 사람은 대체로 전사하기 어렵다. 당연히 집중 보호를 받기 때문이다.

그럼에도 전사했다는 건 그만큼 적이 무섭다는 걸 뜻하고, 병사들로 하여금 당연히 자신들 같은 말단들은 더 이상 보호받지 못한다고 확신하도록 만들었다.

그러니 이렇게 엉덩이에 침 맞은 말처럼 미쳐 앞뒤 생각도 못하고 한쪽으로 몰려가고 있는 것이었다.

몰이는 아주 성공적이었다.

통제를 잃은 바젠틴군은 정말 너무나 쉽게도 앤드류가 정한 그 위치에 몰려들었고, 앞뒤로 꽁꽁 포위되어 버렸다.

그 상황에서 바젠틴군이 할 수 있는 방법은 정말 아무것도 없었다.

저항하는 자들이 나오긴 했으나 그 저항 역시 몇 발 안 남은 마력포 몇 방에 그대로 무너져 버렸다.

그렇게 해서… 수만이 넘는 바젠틴군을 전부 포로로 잡아 버렸다.

대승.

그야말로 대승이었다.

체르니가 바젠틴에게 패해서 몰락했던 것처럼, 이번에는 반대로 체르니가 바젠틴의 몰락을 알리는 대승을 일궈낸 것이다.

이 보고는 그대로 체르니 각각 도시는 물론 왕궁에도 파발로 띄워졌고, 가까운 도시에서는 남녀노소 할 것 없이 전부 알고 있는 이야기가 되어버렸다.

기온이 뚝 떨어지면서 활기도 잃어가던 체르니에 아주 자연스럽게 활기가 쭉쭉 차올랐다. 또한, 조금씩 가지고 있던 불안까지 전부 사라져 버렸다.

자신들의 삶과 직간접으로 연관이 있을 전쟁에서 대승한 까닭이다.

그렇게 멋진 일을 만들어낸 주인공은 역시 누가 뭐래도 유라를 비롯한 사 남매들이다. 그들이 없었으면 전쟁은 반드시 졌을 거라는 말은 이미 모두가 알고 있는 사실.

이미 각각의 초인명까지 전부 생겨 사 남매의 이름은 체르니 왕국은 물론 대륙 서쪽에서 점차 퍼지고 있었다.

유라는 모든 기사의 왕이라는 의미에서, 기사왕(騎士王).

루는 죽음을 직접적으로 관장한다고 해서, 명왕(冥王).

란스는 거대한 체구와 괴력으로 인해, 거신(巨神).

미오는 동이 틀 때의 서늘함과 닮았다 하여, 새벽의 기사[黎明騎士].

이 초인명은 이제 서서히 퍼지는 정도지만 아는 사람들이 모두 이렇게 설명했다. 곧 있으면 이 넷의 명성은 대륙에 퍼진 네 명의 신성과 동일 선상에 오를 것이라고.

그리고 그중 한 명.

특히 기사왕은 마도제국의 영광의 검, 엘리자베스 E. 알스테

르담이나 청룡왕의 연인이며 동료인 검처녀 율리아나와 동급
으로 떠오를 것이라고.

목격담에서 추정되는 무력이 이미 둘과 동급이라는 소리가
파다했다.

이렇게 사 남매의 명성은 하루가 다르게 올라가고 있지만
정작 사 남매는 그러한 사실도 모르고 전후 처리에 여념이 없
었다.

*　　　*　　　*

"하아, 앤드류."

"응……?"

종이로 만들어진 서류가 가득 차있는 방에서 루가 한숨을
내쉬며 앤드류를 부르자 앤드류도 상당히 깔린 목소리로 대답
해왔다.

탁.

"이거 언제까지 해야 해?"

"글쎄……?"

루가 짜증이 났는지 펜을 테이블에 탁 소리 나게 내려치며
말하자 앤드류는 이번엔 미안한 음색으로 어색한 미소와 함께
대답했다.

"삼 일째다, 삼 일째."

"그래도 좀 참아. 우리가 안 하면 누가 한다고 그래?"

"맞습니다. 그래도 오늘이면 끝날 테니 조금만 참으십시오. 형님."

"야, 란스. 그 말 엊그제도, 어제도 한 거 같은데."

"오늘은 진짭니다, 형님."

"후우……."

같이 하던 란스의 말.

그리고 그에 화답하듯이 둥글고 중간에 홈이 뚫린 원형 테이블에 같이 앉아 있던 사람들도 하나같이 고개를 끄덕였다.

아닌 게 아니라 오늘이면 정말 끝날 것 같았기 때문이다.

전쟁이 끝나면 역시 가장 먼저 해야 하는 건 전사자 처리와 부상병 치료다. 그건 어느 왕국이나 똑같다.

전사자에겐 위로금을 지급해 주고, 경상자는 빨리 치료해 다시 병력에 합류시켜야 했다.

그리고 중상자는 치료와 함께 후방으로 이송을 해야 했다.

그리고 이 모든 게 서면으로 남는다.

서면으로 남는 건 이것뿐만이 아니다.

소모한 물자, 군량도 서면으로 남고, 그건 다시 보충해야 할 품목 쪽으로 계산된다.

전쟁 준비로 이런 서류 작업이 늦춰지다 보니, 결국 쌓이고 쌓여 산더미로 재탄생한 뒤 요 며칠 아예 폭탄처럼 루 일행을 반긴 것이다.

　그래서 다시 군을 재정비하고 훈련을 맡고 있는 유라, 미오
와 바이칼 후작, 그의 부관 실바에르를 빼고 모든 간부급 인원
이 서류 작업에 매달린 것이다.

　하지만 루는 이런 게 처음이었다.

　인원이 없어서 결국 같이하게 됐지만 처음 하는 일이다 보
니 어색했고, 또한 어색하다 보니 지루했다.

　지루한 게 계속 이어지다 보니 지치고, 지치다 보니 짜증났
다.

　루는 지금 네 번째인 짜증의 단계에 와 있다. 슬슬 한계 직전
까지 와버린 상황이었다.

　하지만 그럼에도 루는 자리를 박차고 일어나진 않았다. 자
신이 안 하면 여기 있는 사람들이 자신의 몫까지 더 맡아서 해
야 한다는 걸 잘 알고 있기 때문이다.

　막무가내인 성격이 아닌 루라 남에게 피해를 주는 건 역시
별로 좋아하지 않았다.

　"후우, 근데 난 도저히 더는 못하겠다. 차라리 정찰을 나갔
다 올게. 나머진 너한테 맡길게. 수고해라. 란스, 앤드류."

　하지만 그것도 한계.

　루는 이젠 더 이상은 못한다고 선포하고 자리에서 일어났
다. 여기서 펜대를 움직이는 것보다는 차라리 정찰을 나가는
게 더욱 좋겠다고 생각한 것이다.

　"그래, 수고했어. 루."

"수고하셨습니다, 형님."

루의 말에 앤드류도, 란스도 안 된다는 말은 하지 않았다. 루가 며칠 동안 상당히 서류에 시달린 걸 잘 알기 때문이다.

그런 둘의 말에 루는 손을 휘휘 내젓고는 바로 방을 빠져나갔다. 그리고 건물을 나와 마구간 쪽으로 향했다.

며칠을 방에 있었더니 답답한 게 장난이 아니었다.

그래서 말을 타고 나가 바람을 좀 쐴 생각이었다.

루가 마구간으로 향하자 말을 관리하는 병사가 루를 알아보고 고개를 숙여 인사를 했다. 이미 루의 얼굴은 물론, 이름을 모르는 병사는 이 바이칼 요새 안에 없었다.

초인이자 왕국을 구한 영웅.

물론 전쟁이 터진 이유가 어디에 있는지 아는 사람들은 루가 그 원인인 걸 알고 있지만 모르는 사람들이 대다수를 차지했다.

그러니 루를 포함한 사 남매는 병사들에겐 우상이요, 영웅이었다. 이렇게 존경심 가득한 인사는 당연했다.

"내 말을 찾는데……."

"네! 저를 따라오십시오!"

루가 조용히 말하자 병사는 우렁찬 목소리로 대답을 했다. 거기에 두 눈까지 초롱초롱한 걸 보니 어지간히도 루를 존경하는 것 같았다.

병사를 따라 걷다 보니 따로 지어졌는지 보통의 거대한 마구간보다는 작은 크기의 마구간이 나왔다.

그리고 그 안에는 약 30여 마리의 말이 따로 관리되고 있었다.

"잠시만 기다려 주십시오!"

"……."

병사의 말에 루는 그저 간단히 고개만 끄덕였다. 소리가 너무 크고, 너무 존경이 가득하게 담겼다는 걸 알자 알게 모르게 부담이 됐기 때문이다.

조금 기다리자 병사가 붉은 갈색의 갈기와 털을 가진 말을 한 마리 끌고 왔다.

다부진 근육은 물론, 여기저기 흉터가 있는 게 여간 사나워 보이는 게 아니었다. 하지만 루는 가볍게 고삐를 받아 쥐고, 말 안장에 올랐다.

그리곤 고삐를 슬쩍 당기자 말이 살짝 반항하는가 싶더니 곧 앞으로 천천히 걸어나갔다. 루가 그렇게 말을 타고 나가자 이목은 당연히 금방 쏠렸다.

바이칼 요새는 군사 요새라서 말을 구경할 기회는 많다. 하지만 이렇게 개인이 말을 끌고 다니는 모습은 보기 힘들다.

엄격한 군기가 있었고, 보통 훈련 때는 아침 일찍 요새 밖으로 나가기 때문이다. 그래서 개인이 말을 타는 건 보기가 어려운데 루가 말을 타고나가자 이목이 쏠린 것이다.

더욱이 군사 요새지만 당연히 일부 주택가가 존재하고, 주

택가가 존재하니 시장도 존재했다. 지리를 아직 잘 모르는 루
는 하필 시장 쪽으로 말을 몰았다.

그러자 루를 바라보는 사람들은 당연히 더욱 많아졌다.

“어색하네……..”

사람들의 존경심 가득 담긴 눈빛에 루는 당연히 이번에도
어색해졌다.

부끄러운 것도 아니었고, 이런 눈빛을 받아본 게 처음도 아
니지만 몇몇이 아닌 수십, 수백의 눈동자가 가까이에서 일제히
자신을 주목하니 자연히 어색해진 것이다.

그래서 조용히 중얼거리곤, 남들 모르게 한숨을 살짝 내쉬
었다.

“차라리 공포나 적개심이 담긴 눈빛을 받는 게 더 편하겠
어…….”

그랬다면 오히려 루는 더욱더 담담했을 것이다.

살면서 가장 많이 봐온 눈빛이니까.

그렇게 무수히 많은 존경의 눈빛을 받은 루는 상당히 긴 시
간이 걸려 성문 밖을 나설 수 있었다.

중간마다 해오는 인사 때문에 가볍게라도 받아주자 시간이
더욱 걸린 것이다.

밖으로 나오니 이미 해가 조금씩 지려 하고 있었다.

“오래는 못 있겠군.”

루는 밖으로 나와 잠시 하늘을 보다 중얼거렸다.

날이 추운 것도 있지만 이미 조금씩 해가 지고 있으니 당연히 밖에서 오래 있는 건 무리라 생각됐다.

"이랴!"

고삐를 확 잡아채자 루가 탄 말이 거친 울음소리와 함께 천천히 달리기 시작했다. 그러면서 느껴지는 속도감에 루는 가슴이 조금씩 뚫리는 느낌을 받았다.

그리고 그건 말이 빠르게 달릴수록 더욱더 많이 느껴졌다.

"그래, 이거지……."

루는 달리는 와중에 조용히 미소 지으며 말했다.

답답한 곳에서 글자를 읽으며 일을 하는 건 역시 루의 적성엔 안 맞았다. 차라리 이렇게 밖을 달리든지, 아니면 몸을 움직이면서 전투를 격렬하게 치르는 게 더욱 적성에 맞았다.

말이 조금 지친다는 느낌이 들 때까지 달린 루는 말을 천천히 멈추게 한 다음 땅으로 내려왔다.

"후우……."

그 후 길게 한숨을 쉬며 폐부 가득 공기를 빨아들이는 루.

평야의 뻥 뚫린 청량감과 차가운 공기가 가슴 깊숙이 스며들어가자 루는 그동안 서류 업무에 시달리면서 쌓였던 스트레스를 모두 날려 버릴 수 있었다.

그리고 한쪽에 보이는 나무 둥치에 기대어 서서 길게 펼쳐진 평야를 바라봤다. 마침 낙조가 생기면서 상당히 운치가 있고, 멋스러운 광경이 연출됐다.

지는 해 주변으로 퍼지는 붉은빛은 사람을 빨아들이는 강렬한 마력이 있었다. 그걸 보며 루는 한 사람이 떠올랐다.

"마치 누나 같네……."

유라였다.

루가 보기에 유라는 마치 태양과 같은 존재였다.

그녀가 창을 들 때면 마치 해처럼 강렬했다.

그저 짧고 간단한 동작들만 선보여도 유라의 모습은 마치 해처럼 빛나면서 그 존재감을 사방에 알렸다.

익힌 공부도 관일이다.

해를 뚫는다는 무시무시한 공부.

그처럼 유라는 창을 들면 해를 연상시켰다.

물론 다른 때라고 그런 느낌이 없는 것은 아니다.

해는 뜨겁고, 그 빛은 강렬하지만 반대로 포근하고, 자상한 면도 있다. 만물을 성장시키는 것도 해가 하는 일 중의 하나다.

추운 밤을 몰아내고 따뜻하게 사람을 감싸 안는 것도 비슷하다.

유라는 정말 해를 닮은 여자였다.

거기에 사용하는 기운도 불.

정말 딱이었다.

그렇게 유라를 생각하며 낙조를 바라보기를 한참, 어느새 해는 뉘엿뉘엿 져 버렸고, 낙조도 천천히 사라지기 시작했다.

루는 끝까지 바라보다가 낙조가 사라지자 그제야 평야의 끝에서 시선을 뗐다.

그리고 어둠이 서서히 차오르자 루는 몸을 돌렸다.

"슬슬 돌아……. 응?"

그렇게 중얼거리며 말에게 돌아가던 루는 곧 멈춰 섰다.

그리고 다시 고개를 돌려 평야 어딘가를 바라봤다.

그의 날카로운 감각에 뭔가가 잡힌 것이다.

"음……."

눈을 지그시 모으고 평야를 뚫어보는 루.

잠시 후 그런 루의 시선 끝에 작은 점 하나가 보였다.

이거였다.

루를 자극했던 것은.

"……."

잠시 가만히 달려오는 검은 점을 응시하던 루는 곧 신형을 움직였다. 누군지 확인해 볼 생각이 들은 것이다.

쉭!

구슬이 가속하면서 루의 기운이 유입되고, 그 기운이 다리로 이동하자 루의 움직임이 평상시의 배는 빨라졌다.

쭉쭉 미끄러지듯이 달린 루는 어느새 검은 점, 즉, 사람을 막아섰다.

"헉헉! 흐극!"

루가 갑자기 전면을 막아서자 검은 의복의 남자가 깜짝 놀라며 급히 멈춰 섰다. 그리곤 적개심을 잔뜩 내보이며 숨을 몰아쉬기 시작했다.

"누구지? 소속을 밝혀라."

스르릉.

루는 검을 뽑으며 조용히 물었다.

누군지 모르는 이상 함부로 검을 뿌릴 수는 없는 일.

그래서 먼저 소속을 묻자 검은 의복의 남자가 주춤주춤 뒤로 물러나며 소리쳤다.

"바젠틴의 개냐!"

"응? 바젠틴의 개?"

그렇게 외쳤다는 뜻은 곳 바젠틴 소속이 아니라는 걸 뜻했다.

물론 그 말을 전부 믿을 수는 없겠지만 남자의 얼굴에서 보이는 표정, 말투 하나를 느껴보면 거짓은 아니어 보였다.

하지만 그럼에도 루는 검을 거두지 않았다.

자신을 속일 수 있는 연기를 하고 있을지도 모른다는 가정하에.

"바이칼 요새의 기사 루다. 소속을 밝혀라."

"바, 바이칼? 정말이시오?"

루가 바이칼 요새 소속기사라고 하자 남자의 표정이 바로 확 변했다. 적개심 가득한 얼굴에서 반가움이 가득한 얼굴로.

상당히 빠른 표정과 감정의 변화여서 순간 루도 조금 당황했으나 곧 고개를 끄덕였다. 그리곤 품에서 화려하게 양각된

패를 하나 꺼내 사내에게 던졌다.

루를 나타내는 신분명패였다.

그 패를 받아든 남자는 곧바로 패를 확인했다.

그리고 경악했다.

"커, 컥! 배, 백작?"

"……."

루는 대답하지 않았다.

그리고 루는 백작이 맞았다.

콘라드 후작은 사 남매의 신분을 증명할 방법을 만들기 위해 신분을 마련했다. 물론, 일반 평민으로 사 남매의 신분패를 만들 수는 없는 노릇이었다.

그건 정말 미친 짓이었다.

굴러들어온 복을 걷어차는 아둔한 자의 만행이 될 짓이었다.

하지만 콘라드 후작은 명석하고, 영리한 자였다.

그래서 그는 국왕을 설득해 사 남매의 신분을 만들었다.

유라는 오등작의 제2위인 후작의 작위를.

루는 오등작의 제3위인 백작의 작위를.

란스와 미오는 오등작의 제4위인 자작의 작위를.

한순간에 귀족이 된 것이다.

물론 여기엔 콘라드 후작이 노린 정치적인 목적이 있었다. 그리고 그걸 란스나 앤드류가 모를 리도 없었다.

하지만 안 받기도 뭐했고, 콘라드 후작이 저런 얄팍한 수로 사 남매를 체르니 왕국에 묶어 놓으려고 해도 사태만 해결되면 어차피 자유로워질 생각인지라 그냥 받아들였다.

지금 저 사내가 받은 건 루의 풀네임이 들어갔고, 루를 상징하는 두 개의 검이 반대편에 양각된 백금으로 된 명패였다.

체르니 병사가 그걸 모르면 간첩이나 다름없었다.

아니, 일반 시민도 그건 다 알고 있었다.

그래서 지금 이렇게 놀란 것이다.

"루시드 백작님을 뵙습니다!"

"됐어. 소속은?"

반응에 저 사내가 완전히 체르니 사람이란 걸 확인한 루가 명패를 다시 받아들고 물었다. 그러자 사내는 바짝 긴장해 바로 소속을 불었다.

"바이칼 요새 척후 10조 소속 막달리안입니다!"

"척후병이었나……. 그럼 그렇게 급히 달려가던 이유는?"

"바젠틴 왕국에 잠입했던 선발 척후대에게서 온 정보를 한시라도 빨리 요새에 전하기 위해서였습니다!"

"줘봐."

루는 그 말을 듣고 바로 손을 내밀어 까닥거렸다.

"그, 그게……."

"뭐지?"

머뭇거리는 막달리안의 말에 루가 인상을 살짝 쓰며 되묻자 막달리안은 다시 사색이 되어 급히 막했다.

"으, 음성 보고입니다!"

"음성 보고라……."

루도 음성 보고가 뭔지는 잘 알고 있었다.

암호처럼 글자로 이루어진 게 아닌 말로 전하는 보고.

"해봐."

"네!"

누구 안전인데 거절하랴.

백작이라는 힘은 상당히 셌다.

"바젠틴 내에서 대규모 병력 포착! 빠른 속도로 서진 중!"

"대규모 병력? 서진?"

서진이라…….

루는 바로 이해했다.

리오 라이언 공작이 이끌고 오는 본군인 것이다.

"거리는?"

"바이칼 요새까지 현재의 진군 속도라면 약, 한 달이면 도착
할 거라는 보고입니다!"

"한 달, 한 달이란 말이지……. 훗, 좋아. 그 보고는 내가 먼
저 가지고 가지. 자네는 천천히 쉬면서 오도록."

"네!"

"아, 다른 보고는?"

루가 되묻자 막달리안이 기합이 팍 들어간 목소리로 다시

소리쳤다.

"없습니다!"

"좋아. 그럼 천천히 오도록."

"네!"

루는 그 길로 몸을 돌려 바로 말이 있는 장소로 돌아가 바로 바이칼 요새로 달려갔다.

휘잉!

바람이 얼굴을 때리지만 루의 눈빛은 불길하게 빛났다.

다시금 리오 라이언 공작이 떠오른 것이다.

그 구역질 나도록 더럽던 영혼의 냄새.

겉은 멀쩡해 보이지만 자신의 사리사욕을 위해서라면 그 어떤 인륜, 천륜에 어긋나는 짓도 마다치 않던 자.

루가 반드시 죽이겠다고 다짐했던 남자였다.

히죽.

'이번엔 반드시 죽여주지.'

루는 요새로 달려가던 말 위에서 다시 한 번 다짐했다.

리오 라이언 공작.

이번 전쟁에서 반드시 그 멱을 따주겠노라고.

*　　　*　　　*

루가 대신 받아온 정보로 인해 당연히 긴급회의가 소집되었고, 회의실에는 긴장감이 잔뜩 흐르기 시작했다.

"대규모 병력이란 말이지?"

"그래."

"음……."

앤드류의 조용한 물음에 루가 고개를 끄덕이며 대답하자 앤드류는 눈을 감고 잠시 생각에 잠겼다.

그리고 다시 눈을 떴을 땐 모두가 그를 주목했다.

이미 뛰어난 작전을 한 번 세워 그 능력을 인정받았기 때문에 무슨 말을 할지 모두 궁금했기 때문이다.

"대규모라 하면 한눈에 군대가 전부 잡히지 않았기 때문일 겁니다. 음……. 최소 십만이라 잡아야 할 듯싶습니다."

앤드류는 일단 병력의 규모부터 파악하려고 했다.

"맞습니다. 하지만 본군이라고 생각하면 십만보다 더욱 많을 겁니다."

그리고 란스의 부가설명.

둘의 말에 적의 규모는 바로 십만에서 십오만 사이로 예상 병력을 확정했다.

"어떻게 하는 게 좋겠어?"

그 말을 들은 유라가 조용히 둘에게 물었다.

머리는 란스와 앤드류가 좋으니 당연한 절차였다.

"일단 가장 먼저 해야 할 일은 수도로 전령을 보내 병력을 전부 보내달라고 해야 합니다. 훈련이 덜 됐어도 이제는 시간이 없습니다."

"저도 앤드류 형님의 말에 동감입니다."

가장 먼저 해야 할 일은 역시 병력의 보충이다.

그리고 병력의 보충과 함께 군량, 전쟁물자의 보충도 당연한 일이다.

"적의 군대가 도착하기 전에 이건 무조건 이뤄져야 합니다."

"음……. 그래, 알았어. 실바에르 부관님?"

"네, 사령관님!"

유라의 말에 실바에르가 바로 자리에서 일어나며 대답했다.

군기가 바짝 든 그 모습은 분위기를 더욱 딱딱하게 만들었으나 회의실에 있던 그 누구도 책망하지 않았다.

긴장은 당연한 일이기 때문이다.

"지금 바로 수도에 있는 콘라드 후작님께 서신을 보내주세요. 서신의 내용은 어떻게 보낼지 잘 알지요?"

"네!"

"아, 나중에 앤드류에게 필요 물자 품목도 같이 받아서 보내세요. 앤드류, 조사 끝났지?"

"네, 끝났습니다."

"좋아, 그럼 다음은?"

유라는 지시를 한 다음, 다음으로 할 일을 물었다.

"역시 적을 상대할 방법입니다."

“음……..”

란스의 말에 회의장에 있던 모두가 살짝 신음을 흘렸다.

적을 상대할 방법.

이건 아주 중요한 일이기 때문이다.

그런 사람들의 반응을 본 란스는 진중한 음색으로 다시 입을 열어 말했다.

“일단 크게 두 가지 방법이 있습니다. 첫 번째는 전처럼 바이칼 요새에서 수성하는 방법입니다. 두 번째는 요새를 나서 적과 전면전을 펼치는 방법입니다.”

전쟁 시 수성 측에서 할 수 있는 방법은 크게 두 가지다.

란스의 말처럼 하나는 성안에 틀어박혀 수성, 두 번째는 적과의 전면전.

물론 그 안에 기동전부터 시작해서 여러 가지 방법이 있지만 큰 틀은 대략 이렇게 나뉜다 볼 수 있었다.

그렇게 말하고 란스는 바로 말을 다시 이었다.

“하나 지금 상황에서 바이칼 요새에서의 수성은 무리입니다. 만약 적이 이곳을 둘러싸고, 따로 별동대를 꾸려 왕국의 안쪽으로 진격시킨다면 그 피해가 막심해질 것이기 때문입니다.”

“아……..”

“……..”

확실히 그랬다.

　사실 저번의 전쟁에서도 이렇게 나왔으면 체르니 왕국에서도 큰 피해를 보았을 것이다. 바이칼 요새 밑으로 있는 도시들은 어쩌면 줄줄이 함락을 당했을지도 몰랐다.

　하나 다행히 적이 바이칼 요새에 목을 매 넘어갈 수 있었지만 이번에도 그렇게 된다는 보장은 없었다.

　"그런 상황이 안 온다고 장담할 수 있으면 전처럼 수성을 하는 것도 좋겠지만, 아쉽게도 리오 라이언 공작이나 그의 부관, 그리고 리온 대공자라는 자도 머리가 좋다고 들었습니다. 그 방법을 생각해내지 못할 리가 없습니다. 그러니 수성은 힘듭니다. 그렇다면 남은 결론은 밖에서 저희에게 유리한 전장을 만들어 적의 대규모 병력을 맞상대하는 수밖에 없습니다."

　란스는 확정적으로 말했다.

　"그래, 그럼 전장은?"

　"어차피 적은 마도로스 강을 도강해야 할 겁니다. 방법은 세 가지입니다. 강을 근처에 두고 대치하느냐, 아니면 저희가 먼저 넘어가 진형을 꾸리느냐, 반대로 적을 그냥 넘어오게 한 다음 적 뒤에 강을 두게 하느냐."

　마도로스 강은 어차피 바젠틴에서 반드시 건너야 하는 강이었다. 그렇다면 그 강을 어떻게 두고 전쟁에 돌입하느냐. 그게 문제였다.

　이쪽에서 강을 먼저 건너 진형을 꾸린다면 말 그대로 배수진이 된다. 아군으로서도 필사적이게 될 수밖에 없었다.

하지만 밀린다면……? 그야말로 후퇴도 제대로 못하고 전쟁이 끝날지도 몰랐다.

반대로 상대방이 강을 도강하게 만든다면 적이 배수진을 꾸리는 취하는 것이 된다. 그렇다면 적이 오히려 더 필사적이게 될 것이다.

그럼 아군의 피해도 만만치 않을 것이고.

마지막은 강을 사이에 두고 대치를 하는 것이다.

이렇게 되면 아마 소규모 교전만 계속 일어날 것이다. 그럼 전쟁은 소모적인 장기전으로 흘러갈 것이고, 급히 전쟁 준비를 한 체르니는 상당한 부담이 될 수밖에 없었다.

"란스, 네 생각은?"

"적에게 배수진을 취하게 하는 쪽으로 생각하고 있습니다. 적이 마음 놓고 건너오게 하고, 저희는 그곳에서 체르니로 향하는 길목을 딱 틀어막고 대치를 하면 됩니다."

"앤드류 네 생각은?"

"전 넘어가서 저희가 배수진을 취하는 게 좋다고 생각합니다. 병력의 차이는 있지만 저희가 질 거라고 생각은 안 합니다. 마력포도 있고……. 차라리 넘어가서 배수진을 취해 병사들을 필사적으로 만들고, 승부를 보아야 하는 게 옳다고 생각합니다."

유라의 물음에 체르니군의 참모라고 할 수 있는 란스와 앤드류가 각각 서로 다른 의견을 내놓았다.

중점은 강을 넘나, 안 넘나의 차이지만 이건 굉장히 큰 차이였다.

아군이 필사적이게 되지만 위험을 감수하느냐, 반대로 적군의 필사적이게 되는 위험을 감수하느냐.

딱 이 차이였다.

"넘어간다고 치면 뗏목을 만들 물자나 시간은 있어?"

툭 내던지는 말에 사람들의 이목이 전부 루에게 쏠렸다. 하지만 루는 당황하지 않고 다시 말했다.

"마도로스 강을 건너려면 뗏목이 한두 개 필요하겠어? 그 물자는 어디서 구할 것이며, 또 언제 만들 건데."

루의 말은 정확히 앤드류의 말에 반박하고 있었다.

하지만 루는 동생인 란스의 발언에 힘을 실어주고자 그런 건 아니었다. 지극히 현실적인 문제를 지적한 것이다.

"날도 추운데 병사들 고생시키는 것보다 그 시간 동안 차라리 좀 더 훈련을 시키고, 쉬게 하는 게 낫지 않아? 고생은 멀리서 뛰어오는 애들더러 하라 그러고. 우린 그때까지 긴장만 조금 유지하면서 푹 쉬고 있자고."

능글거리거나 비꼬는 게 아닌 담담한 루의 말에 회의실에 있던 모두 고개를 저도 모르게 끄덕였다.

"확실히 그렇군. 괜히 뗏목을 만든다고 고생하는 것보다는 적이 고생하는 게 좋겠지. 나쁘지 않은 지적이야."

그 말에 바이칼 후작이 저도 모르게 턱을 손을 잡고 고개를 주억거리며 혼잣말을 했다. 그리고 그런 바이칼 후작의 말에 또 모두가 수긍했다.

아니, 루의 말에 수긍했다.

"앤드류?"

유라가 앤드류를 다시 부르자 앤드류가 고개를 끄덕이며 대답했다.

"확실히 루의 말이 맞습니다. 제가 그걸 생각 못했습니다. 죄송합니다."

"죄송할 것까지야. 사람이 실수할 때도 있지. 너무 마음 쓰지 말고, 자, 그럼 다음은?"

유라가 다시 다음으로 회의할 것을 묻자 모두가 조용히 있었다. 잠시 침묵이 더 흐르고 란스가 나서서 유라에게 말했다.

"사실 앞에 두 가지를 빼면 현 상황에서 크게 중요한 건 없습니다. 누님."

"그래? 그럼 일단 오늘 회의는 여기서 끝. 해산하죠."

"네."

"네!"

유라가 회의 종료를 알리자 회의장에 모였던 사람들이 모두 자리에서 일어나 밖으로 나갔다. 하지만 전부 나가는데도 유라를 포함한 사 남매와 앤드류, 바이칼 후작은 일어나지 않았다.

각각 무슨 할 말이 있는 것 같았다.

“음……. 할 말들이 있는 거 같네? 루부터 해봐.”

“뭐, 내 용건은 별거 아냐.”

“뭔데?”

유라가 묻자 루는 입술을 말아 올리며 조용히 웃었다. 그리고 그 웃음을 유지한 채 입을 열어 용건을 말했다.

“리오 라이언 공작, 그 작자는 내가 맡겠어.”

“음?”

“누나는 군을 통솔하는 것에 신경 써줘. 나는 최전방에서 싸울 테니까. 그리고 리오 라이언 공작만 내게 맡겨줘.”

“괜찮겠니? 초인이라며?”

유라가 툭하고 묻자 루는 피식 웃었다.

“괜찮아. 요새 조금 깨달은 것도 있고.”

“호오, 그래?”

루가 무언가를 깨달았다는 말에 유라의 입가에 미소가 매달렸다. 성장하는 동생의 모습이 기쁜 것이다.

하지만 다시 얼굴을 굳혔다.

“좋아. 대신 하나 약속해.”

“뭐?”

“출진은 내가 허락할 때만 나갈 것.”

“…….”

유라의 말에 루는 인상을 슬쩍 찌푸렸다. 그리고 알았다고 대답하지 못했다. 물론 유라의 속뜻이야 잘 안다.

아마 자신이 사람을 해치는 걸 꺼리는 것일 게다.

하나 안다고 그걸 그대로 따라줄 생각도 없었다.

"약속할 거야?"

"아니."

"……."

루의 반박에 이번엔 유라의 얼굴이 찌푸려졌다.

이렇게 루가 반박할지는 생각도 못했기 때문이다.

"누나는 사령관이야. 직접 안 움직여도 돼. 누나가 있다는 것 하나로도 병사들은 힘을 얻을 테니까. 하지만 나는 그렇게 못해. 나는 직접 움직여서 힘이 될 거야. 누나도 알 텐데? 나나미오가 직접 움직이면 그만큼 병사들이 더 살 수 있다는 것을."

"……."

정답이었다.

그래서 유라는 이번에도 대답하지 못했다.

"그리고 걱정하지 마. 이번 전쟁은 휘둘려서 하는 전쟁이 아니야. 그리고 전쟁의 발단도 내게 있어. 내가 편히 있는다는 게 말이 돼?"

하긴, 전쟁이 일어난 책임을 따져보자면 루에게 가장 책임이 클 것이다. 이번 전쟁은 누가 뭐래도 루가 소피아를 데려오면서 생긴 일이니까.

아는 사람은 다 안다.

모르는 사람은 모르고.

루는 그런 사실을 아니까 뒤로 빠져 있고 싶은 생각이 없었다.

"후우……."

결국 유라는 깊은 한숨을 내쉴 수밖에 없었다.

저렇게 말하는데 말릴 방법이 없는 것이다.

"좋아, 그렇게 해."

"고마워. 그럼 난 이만."

루는 자리에서 일어나 회의장 밖으로 나섰다.

휘이잉!

살짝 열린 창문 사이로 겨울 바람이 들어와 루의 얼굴을 사뭇 거칠게 훑고 지나갔다. 그럼에도 루는 그 바람이 시원하다 생각했다.

루는 건물을 나와 천천히 걸었다.

딱히 목적지가 정해진 걸음은 아니었다.

그 걸음은 자연스럽게 요새 성문으로 향하게 됐는데 거기서 루는 그녀들을 만났다.

Chapter
64
전장의 성녀(聖女), 지혜로운 별[星]

"어머!"

"루 기사님!"

"……."

성문에서 검문을 받고 있던 마차의 창문이 열리며 들려온 소리에 고개를 돌린 루는 얼굴을 굳혔다.

전혀 예상도 못했던 사람들이기 때문이다.

밝은 금발에 수수하고 깔끔한 이목구비가 매력적인 여성과 짧은 단발에 중성적인 매력이 돋보이는 여성.

누군지 말할 필요도 없었다.

소피아 바이칼과 이레인 콘라드였다.

딸각.

마차 문이 열리면서 서슴없이 내리는 두 여성. 그러더니 밝은 얼굴을 한 채 루에게 다가와 인사를 했다.

"안녕하세요. 루 기사님."

"오랜만이에요."

"…오랜만입니다. 소피아 양, 이레인 양."

두 여자의 인사에 화답하는 루의 목소리는 좀 딱딱했다. 이유는 별것없었다.

의외이기도 했지만, 이곳이 위험했기 때문이다.

그런 마음이 든 루는 인사를 한 직후 바로 되물었다.

"이곳엔 무슨 일이십니까?"

루의 물음에 두 여성의 얼굴이 살짝 굳었다. 그의 목소리에서 느껴지는 책망의 기운을 그녀들도 느낀 것이다.

하지만 둘은 곧바로 안색을 회복하곤 미소를 지으며 말했다.

"아버지를 뵈러 왔어요."

"저는 소피아를 혼자 보내기엔 불안해서 같이 왔어요."

"……"

소피아의 말에 이레인이 받아서 대답하자 루는 아무런 대답도 하지 못했다. 아버지를 만나러 왔다고 하고, 그런 소피아를 혼자 보내는 게 불안해 같이 왔다고 하는데 무슨 말을 할 수 있을까.

"휴우……."

결국 루는 자그마하게 한숨을 쉬곤 몸을 돌렸다.

"따라오십시오. 안내해 드리겠습니다."

"그럼 부탁드려요."

"……."

루의 얼굴에서 느껴지는 서늘함을 느낀 것일까, 아니면 루에게서 반가움이란 것을 느끼지 못해서 그런 것일까.

그녀들의 표정은 루가 등을 돌리는 시점에서 조금 굳어졌다. 아니, 시무룩해졌다는 표현이 더욱 옳을 것이다.

사실 솔직히 얘기하자면… 그녀들의 말은 진심이었다.

하지만 그 진심을 들춰 보면 사실은 그 밑에 또 다른 진짜 이유가 있었다.

바로 루를 만나기 위해서 온 것이다.

아니, 그게 진정한 목적이라고 봐도 좋았다.

그런데 루가 이런 반응을 보이니 서운해진 것이다. 루를 보기 위해 이 위험한 전쟁통에도 수도에서 여기까지 왔다.

'반가운 얼굴을 해줬으면 했는데…….'

고개 숙인 소피아는 이런 생각을 했고.

'하긴……. 이런 상황에 오면 누구도 좋아할 순 없겠지.'

이레인은 듬직한 루의 등을 보며 그런 생각을 했다. 역시 머리가 좋은 그녀라 루가 왜 저러는지 바로 알아챈 것이다.

이곳은 위험한 곳이다.

조금 있으면 다시금 시체가 쌓이는 죽음의 대지가 될 장소이다.

그런 곳에 아는 사람이, 그것도 자기 한 몸 지킬 힘도 없는 여자가 왔다는 것 자체가 부담스러운 것이다.

그리고 솔직히 말하자면…….

루는 이레인은 모르지만 소피아가 온 이유는 어느 정도 알고 있었다. 바로 자신 때문에 이 위험한 곳에 왔다는 것을.

이미 여러 번 마음을 직간접적으로 표현한 적이 있는 소피아다. 눈치가 없지 않은 루는 소피아가 자신을 어떻게 생각하는지 잘 알고 있었다.

그래서 부담스러웠고, 그 부담 때문에 이렇게 얼굴을 굳히고 서늘하게 대한 것이다.

"언제쯤 돌아가실 생각입니까?"

앞서 걷던 루가 툭 하고 물었다.

"그건 왜 물으세요?"

이레인이 그 말에 답하자 루가 고개도 돌리지 않고 말했다.

"날짜를 알아야 호위를 준비할 수 있어서 그렇습니다."

"그건 걱정하지 말아요."

"걱정돼서 하는 말입니다."

"그래도 하지 마세요."

"……."

그 대답에 루는 걸음을 멈추고 고개만 돌려 이레인을 바라

봤다. 눈빛이 착 가라앉은 게, 분명히 기분이 슬쩍 상한 게 분
명했다.

하지만 그런 루의 시선에도 이레인은 싱긋 웃기만 했다. 그
리곤 한참을 마주 바라보더니, 고운 치열을 내보이며 다시 말
했다.

"저흰 수도로 갈 생각이 없거든요."

"……."

루는 잠깐 멍해졌다.

'이 여자가 뭐라 그러는 거지?

수도로 갈 생각이 없다고?

왜?

루의 뇌가 빠르게 회전하며 이레인의 말을 해석했다. 하지
만 그 말의 해석은 쉬웠다. 다만 루가 받아들이기 어려워서 이
해가 늦었을 뿐이지.

"바이칼 후작님을 뵙는 것도 있지만 저희는 이곳에 힘이 되
러 왔어요. 아, 맞다. 이것 좀 보실래요?"

그러더니 이레인은 품에서 곱게 접은 서신 하나를 루에게
내밀었다.

"……."

이레인의 눈을 빤히 바라보던 루는 그 서신을 받아 편 다음
읽었다.

"……."

그리곤 역시 침묵할 수밖에 없었다.

그건 임명장이었다.

소피아는 의무 쪽을 책임지는 자리에, 이레인은 재정, 그리고 전략 쪽을 책임지는 자리에 각각 임명한다는 임명장.

"어때요?"

싱긋.

이레인의 그 말과 미소에 루는.

"아……."

'머리야…….'

두통이 생겨 버렸다.

'이 여자들 대체 무슨 생각일까?' 하는 의문이 생기면서 다시 '콘라드 후작은 대체 무슨 생각이지?' 하는 의문으로 변했다.

임명장은 진품이었다.

루도 이런 인장이 박힌 증명서를 백작의 작위를 받을 때 받은 적이 있었다. 그리고 그 서신은 당연하게도 콘라드 후작에게서 온 것.

"바이칼 후작님에게 가기 전에 저랑 잠깐 얘기 좀 하시죠."

"네, 그러도록 해요."

루는 두 사람을 안내해 사람이 없는 한적한 곳으로 갔다. 그리고 얼굴을 서늘하게 굳힌 다음 단도직입적으로 물었다.

"대체 무슨 생각으로 여기에 온 겁니까?"

"무슨 생각이라니요? 당연히 왕국을 위해 이 한 몸의 재주나
마 보태려고 왔죠."

루의 질문에 이레인은 태연히 대답했다. 하지만 그 대답은
루의 서늘한 인상을 찡그리게 만들어 버렸다.

"그런 걸 물어본 게 아닙니다. 이곳이 지금 얼마나 위험한지
몰라서 그러는 겁니까? 전쟁 중입니다. 전쟁 중!"

루의 목소리가 살짝 커졌다.

하나 감정을 잘 제어하고 있는 모양인지 그리 크게 들리진
않았다. 그런데 이상하게도 그게 더욱 묵직하게 그녀들에게
들려왔다.

이레인은 루의 말에 조용히 한숨을 쉬더니 마주 대답했다.
그녀라고… 생각이 없는 게 아닌 것이다.

재녀라고 불리는 이레인이다.

"휴우, 알아요, 위험한 거. 하지만 그래서 저더러 수도에서
그냥 가만히 앉아만 있으라고요? 그렇게는 못해요. 내 왕국이
에요. 그리고 이 전쟁에서 지면 저도 끝이에요. 전쟁에서 패배
한 귀족 가의 자녀가 어떤 꼴을 당하는지 모르나요? 저는 제 운
명을 그냥 남에게 맡겨 놓은 채 가만히 기다리는 건 절대로 못
해요."

"……."

또박또박 자신의 생각을 말하는 이레인의 목소리엔 힘이 있
었다. 그리고 여성 특유의 고집도 있었다.

루는 그걸 확실하게 읽어냈다.

"그리고 루 기사님이 지켜주실 거잖아요."

"저는 전투에 참가합니다. 두 분의 호위는 힘듭니다."

"그것도 알아요. 그래서 가장 가까운 곳에 있으려고요. 전투 중일 때만 빼고요."

싱긋.

"…철이 없습니까? 왜 이렇게 고집을 부리는 겁니까?"

"고집 아니에요. 내 힘을 왕국을 위해 쓰고, 그리고 알아서 가장 든든한 곳에 있겠다고 했어요. 신경 안 써주셔도 돼요. 저희가 알아서 신경 쓸 테니까요."

"……"

그게 대체 뭐가 다른데… 하는 말이 울컥 입 밖으로 나올 뻔한 루지만 참아냈다. 소리칠 것 같았기 때문이다.

아무리 봐도 이레인의 말은 루에겐 고집으로밖에 들리지 않았다.

지금 상황이 대체 어떤 상황인데……

"그리고… 제가 여자라고 무시하지 마세요. 이래봬도 저, 콘라드가의 장녀예요."

담담하게, 자신의 가문을 밝히는 이레인.

"……"

루는 그 말에 대답하지 못했다.

콘라드가 하면 지혜, 지식을 다루는 가문이다.

그건 누구도 부정할 수 없는 진실이었다.

그리고 이레인 콘라드도 마찬가지다.

어려서부터 재녀라고 소문난 여인이 바로 이레인 콘라드였다.

그 머리를 쓸 기회가 없었을 뿐이지, 만약 기회만 주어진다면 앤드류나 란스에 버금가는 지략을 짜낼지도 몰랐다.

'하아…….'

루는 속으로 한숨을 내쉬었다.

"여자라고 무시하지 않습니다. 다만 이곳이 너무 위험해서 그런 말을 한 겁니다."

루는 여자라고 무시하지 않았다.

아니, 무시할 이유가 없었다. 자신의 주변만 해도 유라와 미오가 있었다. 그리고 대륙에 존재하는 초인 중에도 성별이 여자인 초인들은 많았다.

그중 대표적인 초인이 몇몇 있다.

바로 영광의 검, 검처녀, 섬광, 투귀 등등.

여성이면서 초인에 오른 강자들.

그래서 루는 여자라고 무시하는 버릇 자체가 없었다.

루의 말이 진심이라는 걸 알았는지 이레인은 조용히 미소 지었다.

그리고 이레인도 속으로 생각했다.

'당신 곁에 있고 싶어서 그래요. 그러니 좀 참아줘요.'

이레인이 왜 여기에 왔겠는가?

루 하나 때문이다.

자신의 생명의 은인인, 루를 곁에서 보기 위해 이곳에 온 것이다.

이번 전쟁에서 패하면… 당연하겠지만 루를 만날 수 있는 가능성 자체가 없어진다.

물론 운명이 이끈다면 다시 만나긴 하겠지만 그건 정말 힘들 것이다. 전쟁에서 패배하는 즉시 콘라드 후작은 이레인을 배에 태워 다른 왕국으로 보내 버릴 테니까.

그건 거절한다고 거절할 수 있는 게 아니다.

딸을 생각하는 콘라드 후작이라면… 어떤 방법을 쓰더라도 이레인을 보내 버릴 것이다.

그러니 이곳에 온 것이다.

루와 운명을 함께하기 위해.

물론 진다는 생각은 안 했다.

초인이 넷이나 있는데… 그럼에도 진다면 정말 대륙 역사에 남을 멍청한 짓일 것이다.

오히려 자신의 자존심에 타격을 입었다고 군을 이끌고 오는 리오 공작이 멍청하다고 생각하는 사람도 많았다.

이번 전쟁은 확실히 승리의 가능성이 높은 전쟁이었다.

그런 마음에 이레인은 이곳에 왔다.

애초에 마지막을 함께 하기 위해서라기보단 그와 함께 있고 싶어 왔다고 생각하는 게 더욱 옳았다.

물론 이건 콘라드 후작과 이레인 본인밖에 모르는 일이지만.

루는 그런 마음가짐을 하고 왔기에 흔들림이 없는 이레인의 눈을 보면서 설득은 힘들겠다고 생각했다.

그리고 차라리 긍정적으로 생각했다.

'여성 특유의 섬세함이 더해진다면… 앤드류와 란스가 만들어내는 작전이 더욱 완벽해지겠지.'

그렇다면 차라리 그녀의 힘을 십분 이용하는 것도 좋은 방법이다.

"좋습니다. 후우, 렌을 비롯한 총기사들을 호위로 붙여줄 테니 절대 그녀들에게서 떨어지지 마십시오."

"…네!"

이레인은 활짝 웃었다.

루가 허락했으면 이곳에 있을 수 있다고 생각했기 때문이다.

사실 루가 만약 허락을 안 했다면 둘은 다시 수도로 돌아가야 했을지도 모른다. 무려 초인이고, 백작이다.

당연히 루의 발언 자체가 강력한 힘을 가질 것이다.

돌려보낸다.

둘을 이곳에 둘 수 없다.

이렇게 루가 강력하게 발언했다면 둘은 당연히 수도로 돌아가야 했다. 하지만 루가 허락했으니 이곳에 있을 가능성이 더욱 높아졌다.

"……."

"……."

루는 이레인의 인사를 받고 소피아를 바라봤다.

그저 조용히 루의 눈을 응시하는 소피아. 순간 부끄러운지 붉게 달아오른 볼이 사뭇 예뻤지만 루는 아무런 말도 하지 않았다.

그저 조용히 응시하다 역시 속으로 한숨을 내쉬었다.

이레인은 자신이 이곳에 온 이유를 밝혔지만, 소피아는 아마… 자신 때문에 온 것을 루는 알고 있다.

'하아……. 어쩐다…….'

이레인은 확실히 도움이 될 법한 여자였다.

하지만 소피아는? 그녀가 할 줄 아는 게 뭐가 있는지 루는 모른다.

그녀가 보여준 적도 없고, 말해준 적도 없었다.

사실 대화도 그렇게 많이 하지 않았다.

그런 소피아를 이곳에 둔다라…….

'위험한 일이지. 이건 바이칼 후작님과 상의해 봐야겠군.'

루는 소피아를 어찌할지 아직 결정하지 못했다. 하지만 나중을 위해서라도 한마디 해야 할 필요성을 느꼈다.

"소피아 양은 구해줬더니 다시 이렇게 위험한 곳으로 스스로 발을 들였군요. 저는 이걸 어떻게 생각해야 합니까?”

“…….”

순간 날카롭게 나온 루의 말에 소피아는 흠칫 떨었다.

작정하고 목소리를 내리깔고 말하는 루의 차가운 말이 비수처럼 그녀의 가슴에 박혔기 때문이다.

“이건 저를 무시하는 행위입니다. 그건 알고 오신 겁니까?”

“…그, 그게!”

루의 두 번째 말이 떨어졌을 때 소피아는 급히 변명했다. 아니, 하려고 했다. 하지만 루의 다음 말이 더 빨랐다.

“실망입니다. 따라오십시오. 바이칼 후작님께 안내해 드리겠습니다.”

“아, 아아…….”

루는 그렇게 말하고 바로 등을 돌려 성큼성큼 걸었고, 소피아는 루를 잡으려다 들어 올린 손 그대로 굳어 버렸다.

“소, 소피아, 괜…….”

“뭐하십니까, 안 따라오고.”

이레인이 급히 소피아를 격려하려 했지만 그 말도 루의 다음 말에 바로 잘려 버렸다. 결국 소피아는 눈물을 그렁그렁 매단 채 루의 뒤를 따라 걸음을 옮길 수밖에 없었고, 이레인은 갑작스럽게 벌어진 상황에 당황해 갈피를 잡지 못한 채 루의 뒤를 따를 수밖에 없었다.

하지만 앞서 걷는 루도 그렇게 기분이 좋진 않았다.

*　　　*　　　*

결론부터 말하자면 소피아는 요새에 남았다.

루가 나중에 바이칼 후작을 찾아갔으나 소피아가 대체 무슨 말을 했는지 바이칼 후작은 딸을 요새에 남기는 걸 택했다.

대체 왜 남기기로 결정했는지 루가 물었지만 바이칼 후작은 가문의 일이라면서 말하길 주저했다.

그래서 이유는 알 수가 없었다.

루는 깔끔하게 포기했다.

부모가 남기기로 했다는데 거기다 대고 자신이 나서 더 이상 왈가불가할 일이 아니라 판단했기 때문이다.

대신 루는 소피아를 깔끔히 무시했다.

마주치는 일 자체를 줄였으며, 혹시라도 마주치게 된다 하더라도 눈길 한 번 제대로 주지 않았다.

저녁 식사 시간에 특히 마주칠 일이 많았다.

그러나 루는 조용히 식사만 했고, 어떠한 질문에도 대답하지 않았다. 철저하게 무시하기로 한 것이다.

물론 그렇다고 소피아가 걱정이 되어서 그러는 건 아니었다.

루는 사지로 뛰어들어 구해줬더니 다시 사지로 찾아온 소피아가 아주 제대로 마음에 들지 않았기 때문에 이런 결정을 내린 것이다.

소피아가 자신을 좋아하는 건 잘 알고 있으나… 결정적으로 루가 소피아를 가슴에 담지 않았기에 가능한 일이었다.

그 결과 소피아는 점점 시무룩해져 갔지만 루는 그것도 신경 쓰지 않았다.

이레인도 마찬가지였다.

업무상 만날 일이 많은 이레인은 란스, 앤드류와 대부분 시간을 보내지만 루를 찾아오는 일이 잦았다.

찾아오면 항상 일에 대한 얘기만 꺼내는 이레인.

루는 그런 이레인의 말에 단답형으로 대답했다.

네.

아니오.

대부분의 대답이 이런 식이었고, 이레인도 루가 자신을 피하고 있다는 사실을 알고는 얼굴을 굳히는 일이 잦아졌다.

나중에 루는 아예 그들과 만나는 일이 없어졌다.

여자가 이런 위험한 곳에 들어섰다는 것이 루의 마음에 안 드는 게 아니었다. 살려놓았더니만, 굳이 다시 이런 사지로 들어왔다는 점이 마음에 안 드는 것이었다.

그렇게 하루 이틀, 시간이 점점 지나고 있었다.

루는 밤 늦게까지 몸을 풀고 자신의 방으로 왔다.

방으로 들어오자 같이 방을 쓰는 앤드류, 란스가 방에 먼저

와 쉬고 있는 게 보였다.

"왔어?"

"응."

루는 자신의 자리로 와서 검을 풀어놓고 방 중간에 있는 테이블에 가서 앉았다. 테이블에는 지도가 펼쳐져 있었고, 그걸 보니 둘은 아직도 작전에 대해 구상을 하고 있는 걸로 보였다.

그리고 이건 매일 밤 보는 풍경이라 루는 그렇게 낯설지도 않았다.

"아직도 구상 중?"

"네, 저희에게 가장 유리한 자리가 어딘지 확인하고 있습니다."

루의 말에 란스가 지도에서 잠시 눈을 떼며 대답했다. 그리곤 피곤한지 양손으로 눈가를 꾹꾹 누르기 시작했다.

앤드류와 란스가 하는 일이 항상 지도나 서류를 보는 일이다 보니 눈에 축적된 피로가 만만치 않았다.

"괜찮냐?"

"네, 형님."

루의 걱정스러운 물음에 란스는 눈에서 손을 떼며 대답했다. 살짝 쌍꺼풀이 진 게 피로가 있는 게 분명해 보였다.

"오늘은 이만 하고 쉬는 게 어때?"

"조금 더 해도 됩니다."

"아니, 그만해라. 앤드류 너도."

루는 더 한다는 란스의 말에 고개를 저으며 조금 강하게 말했다. 머리를 쥐어짜 내는 건 아무리 육체와 정신이 건강한 란스라도 힘든 일임이 분명했다.

그렇다면 앤드류는 말할 것도 없었다.

란스보다 덜 성숙한 육체와 정신이라 더욱 피로감을 느끼고 있었다.

"그럴까?"

"그래, 좀 쉬면서 해도 괜찮아. 아직 적이 근처에 온 것도 아니고 최소한 이삼 주 남았으니까 마음에 좀 여유를 가져."

"그래도 이번 전쟁을 잘 넘겨야 하니까 문제야. 웅크리고 있는 남탈리안 때문에라도 병력 피해를 최소화해야 되거든."

"음……."

앤드류의 말은 맞는 말이었다.

남탈리안은 유라와 란스의 협박이 먹힌 건지, 아니면 다른 의도가 있어서 그런 건지 최초 레인저만 보내놓고는 그 어떤 움직임도 없었다.

그 의도는 일단 아직은 알 수 없었다.

어떻게 할 수 있는 방법이 전무하기 때문이다.

모든 인재와 병력이 현재 이곳으로 쏠려 남탈리안의 의중을 파악할 여력이 전혀 없었다. 그리고 그게 문제였다.

그 음흉한 속을 알 수 없다는 게.

"루는 왜 안 움직인다고 봐?"

“음……. 개인적으로는 상처 입은 호랑이를 노리는 게 아닌 가 싶어.”

루는 생각하던 바를 말했다.

그리고 그게 현시점에서 가장 현실적인 생각이었다.

“네 생각도 그래?”

“응, 어쨌든 치고 박고 싸우면 어느 한쪽은 피해를 입을 테니, 그러면 호랑이는 상처입고, 사냥하기 더 편할 거 아냐. 나라면 그러겠어.”

체르니와 바젠틴이 이번에 맞붙게 되면 어느 쪽이 됐든 피해는 입을 수밖에 없다. 패배자도 피해를 입고, 승리자도 피해를 입는다.

그럼 어느 쪽이든 사냥하기 더욱 쉬워진다.

루는 남탈리안이 노리는 게 그게 아닌가 싶었다.

“저도 그렇게 생각하고 있습니다. 확실히 지금 군사를 일으킨다면 저희는 정말 불리해지겠지만 저희를 변수로 생각하는 것 같습니다. 아니면… 저희가 모르는 뭔가가 있을 겁니다. 함부로 움직일 수 없는.”

“나도 동감이야. 나는 함부로 움직일 수 없는 상황이 남탈리안에 벌어진 게 아닌가 생각하고 싶어. 그동안 해왔던 일을 보면 이런 기회를 놓칠 리가 없는데도 가만히 있는 게……. 아마 무슨 일이 생긴 걸 거야.”

앤드류는 루의 말보단 란스의 뒷말에 찬성을 했고, 란스는 루의 말에 찬성을 했다.

"음……. 그래도 지금 움직이지 않는다는 건 확실히 다행인 사항입니다. 사실 체르니에 두 왕국을 상대할 여력은 없으니까요. 만약 군을 일으켜 쳐들어왔다면 십중팔구는 이번 전쟁에서 패했을 겁니다."

"맞아. 남탈리안까지 가담했다면 우린 반드시 졌을 거야."

란스와 앤드류가 확정적으로 말했다.

"그럼 다행이네. 어느 쪽이건 남탈리안이 가만히 있는 건."

"그렇습니다. 전력을 쏟아부어 바젠틴을 상대할 수 있으니까요."

란스가 루의 말에 고개를 끄덕이며 대답했다. 확실히 다행인 일이었다. 병력을 나누지 않아도 된다는 것은.

"아, 또 일 얘기를 하고 있네. 이 얘기는 그만. 오늘은 그만 쉬자."

루가 고개를 저으며 말하자 란스와 앤드류가 피식 웃으며 고개를 끄덕였다. 루가 자리에서 일어나자 란스는 바로 테이블 위에 있던 지도를 접었고, 앤드류는 하나밖에 없는 팔을 위로 쭉 뻗어 기지개를 켰다.

기지개를 켠 앤드류는 아, 맞다 하는 소리를 하더니 루를 보며 말했다.

"참, 아직도 그 아가씨들 피해 다녀?"

"응? 누구?"

루가 뭔 소린지 몰라 되묻자 앤드류가 능글맞게 웃으며 다시 말했다.

"왜 있잖아. 바이칼 가의 아가씨와 콘라드 가의 아가씨."

"피해 다닌다고? 내가?"

루가 어이없다는 듯이 되묻자 앤드류는 피식 웃었다.

"훗, 그게 피해 다닌 거지. 너 소문이 파다하던데?"

"…누가 그러냐, 그거?"

"유라 누님이."

"…하아."

이게 대체 뭔 소리야? 하는 심정이었던 루는 유라의 말이 나오자 한숨을 푸욱 내쉬었다. 하지만 속으로는 그럴 만도 하네, 라고 생각했다.

루는 의도적으로 소피아를 피한 게 맞았다.

보면 불편했기 때문이다.

이레인도 마찬가지였다.

이레인은 좀 부담스러웠다.

직접적이진 않지만 간접적인 표현을 이제는 슬슬 하는 이레인.

그래서 루도 사실 조금씩 눈치채고 있었다.

'아, 이 여자가 나를 좋아하는구나.'

이미 미묘하게 자신을 바라보는 눈동자 자체가 달라졌다는 것을 루는 확실하게 파악하고 있었다.

하지만 그렇다고 아, 저도 당신을 사랑합니다 할 성격은 죽어도 못 되는 루였고, 애초에 소피아처럼 감정이 생기질 않았다.

그리고 솔직히 자신이 어디 보통 인간인가?

무려 요괴라는 것을 뒤집어쓴 인간이다.

지금은 확실히 컨트롤하고 있지만 그게 자신이 죽을 때까지 그러라는 법은 없었다. 두억시니 자체가 미쳤고, 분노에 절어 있는 요괴.

그런 요괴를 뒤집어쓴 자신이 만약 감정의 컨트롤을 놓친다면 어떤 일이 일어날까? 아마 모르긴 몰라도 미오가 있지 않은 이상 그 순간 루의 주변은 초토화가 될 것이다.

즉, 부담된다.

그리고 끝까지 책임질 자신도 없었다.

잠시 생각에 잠긴 루의 얼굴을 보며 앤드류가 웃으며 얘기했다.

"이미 요새 안에 소문이 파다해. 소피아 양과 이레인 양이 루 너를 보러 수도에서 그 위험한 길을 뚫고 왔건만 루 너는 정작 외면하고 있다고."

"……."

루가 침묵하자 이번엔 란스였다.

"다른 소문은 둘 중 누굴 고를지 몰라서 피한다… 였던 것 같습니다."

“…….”

꾸깃!

루의 얼굴이 처음으로 구겨졌다.

이건 또 무슨 소린가?

처음 드는 얘기였다.

“영웅에게 미녀가 꼬이는 건 만고불변의 진리지. 안 그런
가?”

“그렇습니다. 루 형님이라면… 잘생기기까지 했으니까요.”

“그렇지, 거기다가 그 두 미녀는 루가 생명의 은인이라며?”

“맞습니다. 소피아 아가씨는 두 번, 이레인 아가씨는 한 번
구해드렸었죠.”

“소피아 아가씨를 구할 땐 적국의 심장부까지 쳐들어갔었
고?”

“이레인 아가씨를 구할 땐 절체절명의 순간이었습니다.”

“허어, 이런 인연이 있나!”

“천생연분입니다.”

주거니, 받거니.

앤드류가 짓궂은 미소와 함께 툭 던지면 란스가 전혀 란스
답지 않게 얼굴에 미소를 짓고 그 말을 받아쳤다.

“그만 안 할래?”

루가 얼굴을 굳히고 서늘한 목소리로 말하자 앤드류는 하하
하! 크게 웃었고, 란스는 그저 조용히 미소 지었다.

“대체 어디서 그런 소문이 도는 거야?”

루가 얼굴을 펴고 어이없다는 투로 묻자 앤드류가 실실 웃으며 대답했다.

“글쎄? 아마 병사들 사이 아니겠어? 아니면 요새 주민 사이라든지. 원래 소문에 민감한 게 그쪽이잖아.”

“…….”

루는 잠시 침묵했다. 하아 하고 한숨을 내쉬었다.

그쪽으로 소문이 돌기 시작하면 대책이 없다. 무슨 수로 그 많은 사람의 입을 어떻게 막는단 말인가?

불가능한 일이었다.

“너는 어떻게 할 거야?”

“뭘?”

앤드류의 물음에 루가 무슨 말이냐는 듯이 되묻자 앤드류가 피식 웃으며 다시 얘기했다.

“그 아가씨들, 어떻게 할 거냐고.”

“뭘 어떻게 해?”

“누굴 받아줄 거냐고.”

“뭔 소리야. 누굴 왜 받아들여?”

“어, 둘 다 별로야?”

“그런 뜻이 아니다.”

앤드류는 루의 대답에 놀랐다는 듯이 입을 쩍 벌렸다.

“야, 그 정도 학식에, 그 정도 가문에, 그 정도 얼굴에, 그 정도 마음에, 그 정도 너를 좋아하는 사람이 또 어디 있냐?"

"…자꾸 헛소리할래?"

"이게 뭐가 헛소리야. 사실이지. 안 그래, 란스?"

앤드류가 그렇게 말하고 란스를 보자 란스는 고개를 끄덕이는 걸로 대답을 대신했다. 란스가 보기에도 확실히 그녀들은 아름다웠고, 재능도 있었고, 마음씨도 착했다.

특징도 정말 대조적이었다.

소피아가 조용하고, 순수한 매력이 일품이라면 이레인은 중성적이고, 적극적인 성격이 참 매력이 있었다.

그 대답을 본 앤드류가 다시 루를 보며 말했다.

"솔직히 말해봐. 피하는 이유가 뭐야?"

"……."

루는 앤드류의 말에 대답하지 않았다.

그리고 사실 이렇게 몰리는 지금이 참 어이가 없다 생각하는 중이기도 했다. 하지만 안 물어보면 끈질기게 들러붙을 것 같아 조금만 대답해 주기로 했다.

"그냥 위험한 전쟁터를 발을 들였다는 것 자체가 마음에 안 들어. 됐지?"

"아하. 그럼 전장의 로맨스는 별로다… 이거네?"

"야, 그게 또 왜 그렇게 되는데?"

전장의 로맨스.

가장 위험한 곳에서 꽃피는 로맨스는 당연히 전 대륙 사람들에게 인기 만점이다. 물론, 당사자들에겐 아니겠지만.

"저 멀리 케르베로스와 새롭게 탄생한 제국의 꽃과의 로맨스처럼 너도 해보고 싶은 생각은 없어?"

"미쳤냐?"

마도제국의 신성, 케르베로스 휘안과 엘리자베스 황녀가 황제로 등극하면서 새롭게 제국의 꽃 타이틀을 넘겨받은 섬광, 테일러 경의 로맨스는 대륙에서 모르는 사람이 없을 정도다.

루도 알고 있는 얘기였다.

그만큼 유명한 얘기였다.

하지만 유명하다고 그런 절절한 로맨스를 하고 싶은 생각이 루는 전혀 없었다. 아니, 연애 자체에 아직은 관심이 없었다.

"하긴, 그런 거에 관심이 있었다면 진작에 이루릴과 잘됐겠지."

앤드류가 루의 미쳤느냐는 말에 피식 웃으며 말하자 루는 아, 하는 표정을 지었다. 그리곤 앤드류에게 물었다.

"맞다. 이루릴은? 좀 어때?"

"참 빨리도 묻는다. 나 내려오기 전까진 많이 좋아졌었어. 애가사 부인께서 잘 돌봐줘서 위험한 일도 없었고, 웃는 일도 많아졌고. 걱정 안 해도 될 거야."

"그거 다행이네."

앤드류의 대답에 루는 슬쩍 웃었다.

하도 신경 쓸 일이 있어서 잊고 있었었다.

이루릴.

루를 처음으로 가슴에 품은 여자다.

천성이 밝고, 활달했으며 거침없이 루에게 애정을 표시했던 아가씨였다. 하지만 피치에 마을의 참사 이후 급격히 활기를 잃어버린 여자이기도 했다.

그만큼 밝았던 건 꺼지기도 쉽다는 뜻일까. 그 사건 이후 가장 많이 힘들어 했던 여자 중의 한 명이었다.

그 이후 이루릴은 굉장히 어두워졌는데, 집 안에서 안 나오고 방안에서 웅크리고 있을 때가 대부분이었다.

사고 전에는 거침없는 애정 공세를 루에게 퍼붓더니, 사고 후 피치에 마을이 안정되고 마을을 떠날 당시에는 루에게 끝까지 사랑한다고 말을 하지 못한 여자.

'잘 지낸다니 다행이다.'

루는 속으로 그렇게 생각하며 희미하게 웃었다.

그래도 자신과 오래 알았던 이성의 여자가 이루릴이다. 그런 여자가 이제 괜찮아지고 있다니 루는 정말 다행이란 생각이 들었다.

근데 이루릴이 생각나니 한 명이 더 생각났다.

"넌 렌이랑은 어때?"

"걱정 마라."

루의 질문에 앤드류는 슬쩍 웃더니 딱 그 말만 했다.

렌은 앤드류의 연인이었고, 그 당시 참사만 없었다면 그 해

안으로 둘은 결혼하기로 약속이 되어 있던 사이였다.

하나 사고 이후 렌은 급격히 말을 잃었고, 분노와 복수심에 사로잡혔었다. 그런 상태여서 죽기 살기로 수련에 매진한 렌은 지금 웬만한 기사들과 겨뤄도 지지 않을 정도로 수준 높은 기사가 되었다.

애초에 자질도 좋았지만 사 남매가 만든 수련법도 좋았었다. 그리고 결정적인 건 수련에 임하는 마음가짐 자체가 달랐기에 이렇게 빨리 성장한 것이다.

"잘 풀리나 봐?"

"응, 요즘은 대화도 곧 잘하고 있어."

렌을 생각하는 루의 말에 대답하는 앤드류의 얼굴에는 미소가 가득했다. 결혼이 파기됐었지만, 그렇다고 사이가 완전히 정리되는 건 아니었다.

특히 렌과 앤드류 둘은 상대방이 서로 첫 경험 상대라 그나마 다행이긴 했다. 이루릴처럼 순결한 몸이 짓밟힌 게 아닌 건 불행 중 다행이었다.

그랬기 때문에 재결합의 기회는 언제든지 남아 있었다. 다만 문제는 서로 상대방을 얼마나 원하느냐, 얼마나 다가가려 노력하느냐의 차이였다.

다행히 앤드류가 다시 결정을 내렸는지 요 근래 렌을 자주 찾았고, 계속해서 대화를 이어나가려 했다.

어쩌면 다시금 붙을 전쟁 때문에 불안해서 한 행동일 수도

있겠지만 그래도 둘의 사이를 아는 다른 사람들이 보기엔 다행
인 일이었다.

"다행이다. 잘해봐. 전쟁 끝나면 식 올려 버려."

루가 말하자 앤드류의 미소가 지어졌다.

그 미소만 봐도 앤드류가 얼마나 렌을 생각하는지 알 수 있
을 정도였다. 그렇게 미소 짓고만 있던 앤드류가 다시 루에게
물었다.

"그런 넌 안 갈 거냐?"

"뭐? 결혼?"

"그래."

루는 앤드류의 말에 잠시 대답을 보류하다가 생각이 끝났는
지 진중한 얼굴로 담담하게 대답했다.

"아직은, 이번 전쟁이 끝나고 안정이 되면 기사수행을 떠날
생각이야."

"뭐? 기사수행? 그게 지금 너한테 필요하긴 한 거야?"

루의 대답에 앤드류가 어이없다는 듯이 되물었다.

기사수행이란 이제 기사의 작위를 받은 기사들이 여행을 떠
나 자신을 갈고 닦으며, 기사도를 펼치는 것을 말한다.

물론 지금 대륙에선 거의 찾아보기 힘든 수련이다.

대부분 기사 작위를 받으면 어딘가에 종속되기 때문이다.

그런데 루가 지금 그걸 한다고 하니 놀란 것이다.

"솔직히 말하자면 기사수행보단 여행이 목적이지. 대륙 전

체를 둘러보는 것, 그걸 하고 싶은 거야. 그게 몇 년이나 걸릴지도 모르는데 누군가와 만난다는 건 부담스럽지. 미안한 짓이기도 하고."

본심은 슬쩍 숨기며 자신의 타당성을 설명하는 루.

누군가에게 마음도 없는 루다.

그리고 여행 이야기는… 사실 반은 진심이다. 이번 전쟁이 끝나면 루는 대륙 이곳저곳을 돌아다녀 보고 싶었다.

그러면서 마음도 좀 진정시키고, 그러고 싶었다.

"으으, 자, 그만 자자. 늦었다."

루는 그렇게 말하고 자리에서 일어났다.

더 이상 대화는 무의미하고, 이젠 그만 쉬는 게 낫겠다고 생각했기 때문이다. 루가 일어나자 앤드류와 란스도 자리에서 일어났고, 그렇게 하루가 저물었다.

며칠이 지나고 소피아는 제자리를 찾아가는 것 같았다.

그녀가 찾은 자리는 바로 부상자들이 있는 의무건물이었다. 사실 애초에 소피아는 이런 쪽으로 경험이 많았다.

바이칼 요새에서 그녀가 일했던 곳이 이곳이기도 했다.

그녀는 병사들에겐 천사 같은 존재였다.

피가 흘러도, 고름이 줄줄 흘러도 소피아는 얼굴 한 번 찌푸리지 않고 묵묵히 치료에 전념했다.

환부를 닦고, 짜내고, 그리고 말린 약초를 빻은 가루를 발라

주고 깨끗하게 빤 천으로 환부를 다시 감싸주는 천사.

그게 소피아가 하는 일 중의 하나였고, 거동이 너무 불편한 부상병들에겐 직접 음식을 가져다주기도 하거나 직접 수저로 떠먹여 주기도 했다.

소피아의 신분이 뭔가.

바로 소피아 바이칼이다.

후작 가의 여식이다.

그런 소피아가 이렇게 일하고 있는 것은 정말 대단한 일이었다. 상식적으로 생각해봐도 이런 일을 하는 귀족 여식은 찾아보기 힘들다.

귀족가의 여식은 항상 깨끗한 걸 고집하는 건 기본이고 콧대가 높아 오만하기 일쑤이기 때문이다.

하지만 소피아는 그런 귀족들과 근본적으로 달랐다. 항상 웃는 얼굴을 잃지 않아 환자들에게 희망을 줬고, 할 일이 없을 때면 부상병들과 이런 저런 애기를 나누며 같이 웃고, 울었다.

그게 하루 이틀 지나서도 계속되자 어떤 부상병의 입으로부터 그녀를 부르는 새로운 수식어가 생겨났다.

전장의 성녀(聖女).

혼탁하고, 죽음이 가득한 전장에 단 하나 깨끗한 존재.

다름 아닌 소피아 바이칼을 뜻하는 단어였다.

소피아가 그렇게 불리기 시작할 때 이레인이라고 놀고만 있지는 않았다.

그녀는 지식, 지혜의 가문이라고 소문난 콘라드 가의 여식이다. 당연히 어려서부터 똑똑하다는 소리를 밥 먹듯이 들으며 자랐고, 그렇게 큰 덕분인지 이레인은 역시 똑똑했다.

그녀의 재능은 그녀가 가는 곳곳마다 발휘됐다.

여성 특유의 꼼꼼함으로 남자들이 미처 보지 못했던 오류들을 잡아냈고, 다시 확실하게 교정했다.

재무는 물론, 군사작전에까지 관여하는 그녀는 그 누구보다 빛이 났다. 중성적이고 단정한 이목구비 덕분에 그런 느낌은 더욱 강했다.

특히 일을 할 때, 자신의 의견을 얘기할 때 이레인의 눈빛은 그 어느 때보다 빛났다. 그녀가 개입하면서 바이칼 요새의 업무는 눈에 띄게 정리가 되기 시작했고, 그 덕분에 앤드류와 란스가 좀 더 전쟁 쪽으로만 머리를 쓸 수 있는 여건이 생기기 시작했다.

그때부터 그녀를 부르는 별칭이 생겼다.

지혜롭다.

눈이 반짝이다.

그 두 가지를 합쳐서 부르는…….

지혜로운 별[星].

그게 이레인을 가리키는 문장이었다.

루는 반대했지만 둘은 바이칼 요새에 지대한 공헌을 하고 있었다.

Chapter
65
불안

수없이 많은 병사가 시간이 흐르지 않기를 바랐지만 그 바람을 곧이곧대로 들어줄 시간이 아니었다.

아주 잘도 흘렀다.

그리고 그 시간이 길게 흐르는 동안 아주 당연하게도 리오 라이언 공작이 이끄는 바젠틴군은 마도로스 강까지 진군해 왔다.

물론 유라가 이끄는 체르니군도 마도로스 강 근처에 단단하게 진형을 세웠다. 하지만 상당히 뒤에 진형을 세웠다.

그 때문에 바젠틴군은 함부로 도강하지 못했다.

"안토니."

"네, 공작님."

“왜 저들이 멀리 진형을 구축했다고 보나?”

“아직 확실한 연유는 파악 전입니다. 하지만 대략 짐작 가는
건 있습니다.”

“뭔가? 말해보게.”

커다란 막사 안에 모닥불을 군데군데 피워놓고, 두터운 겨
울 외투를 입은 리오 공작이 느긋하게 차를 마시면서 묻자 안
토니가 잠시 생각을 정리하기 위해 침묵했다 입을 열었다.

“이건 제 의견이겠지만… 아마 병사들을 쉬게 하려고 하는
것 같습니다.”

“음? 병사들을 쉬게?”

“네, 이만한 병력이 불어난 저 강을 건너려면 어지간한 뗏목
으로는 불가능합니다.”

“그렇겠지.”

“그럼 단단하게 상당히 많은 수의 뗏목을 만들어야 하는데
그게 쉬울 리가 없습니다. 상당한 인력이 소모될 것이고, 힘을
빼앗아 갈 게 분명합니다. 체르니군은 그런 일에 힘을 쓰고 싶
어 하지 않는 것 같습니다. 어떻게 보면 당연한 일입니다.”

“그런가. 음……. 제법 머리를 굴리는 자가 있군.”

“한둘이 아닐 겁니다.”

리오 공작은 그럼에도 느긋했다.

그리고 선봉군이 궤멸 당했다는 전령을 듣고서도 잠시 얼굴
을 찌푸렸을 뿐이지, 지금과 같은 상태를 유지했었다.

정말 마음이 단단하게 세워져 있는 상태.

웬만한 사람들이 봤다면 아마 당장에 기가 질렸을 것이다. 그러나 안토니는 이렇게 냉정한 공작을 수도 없이 봐왔다.

자신의 이익을 위해서라면 애 어른 알 것 없이 죽이라 명령하는 리오 공작이다. 하지만 십만의 대군이 몰살당하거나 포로로 잡혔는데도 이 정도의 태연을 유지할 수 있다는 건 정말 안토니로서도 소름이 돋을 지경이었다.

하지만 그럼으로써 하나 더 알 수 있는 것도 있었다.

'분노……. 그리고 기대.'

리오 공작은 지금 이 두 가지 감정에 빠져 있었다. 아예 앞뒤 안 보고 내달리는 건 아니지만 이 두 가지 감정 때문에 지금 상당히 흥분해 있는 상태였다.

안토니는 누구에게 분노하고 있고, 누구에게 기대를 하고 있는 건지도 잘 알고 있었다.

분노의 대상은 이제는 명왕이라는 이름으로 유명해진 잿빛 머리 쌍검 기사.

기대의 대상은 바로 단신의 무력으로 거의 최강에 가깝다고 할 수 있는 공간제압격을 사용하는 여기사.

'기사왕…….'

안토니는 속으로 흠칫 떨었다.

이 얼마나 오만한 초인명인가.

하지만 웃기게도 안토니는 자신도 스스로 그 초인명이 그 여기사와 가장 잘 어울린다고 인정했다.

전황 보고와 같이 들은 그 여기사의 무력을 솔직히 인정한 것이다.

'공간제압격이라니……'

솔직히 말해 그 얘기를 들었을 땐 어처구니가 없었다.

공간제압격이 뭔가.

대륙에 정점인 초인, 그 초인 중에서도 그 최정상에 오른 몇몇만이 사용할 수 있다는 공격법이다.

처음에는 솔직히 자신의 잘못을 줄이려고 거짓말하는 줄 알았다. 그러나 조금만 조사해 보니 아니었다.

'불덩이를 마구 쏴 던져댔다고 했지……'

그걸 본 사람이 한둘도 아니고 몇백, 몇천이다.

병사들이 단체로 거짓말을 하는 건 아닐 테니 그렇다면 사실이라는 뜻이다.

'그렇다면 최소 검처녀나 영광의 검과 동급이라는 소린데……'

저 멀리 악시온 제국의 내전, 그 내전의 중심 인물들인 청룡왕의 부하이자 연인인 검처녀의 나이가 갓 서른을 넘었다.

그리고 이제는 영광의 검이라는 초인명보다 그냥 마도제국의 황제라고 불리는 엘리자베스 황제가 역시 갓 서른을 넘었다.

그런데 유라의 나이는 알려지기에는 서른 전이다.

확실하진 않으나 목격자들의 증언을 따르면 그렇다.

그런 나이에 초인 중의 초인에 오른 것이다.

'이 전쟁……'

안토니는 머릿속으로 이번 전쟁, 어쩌면 힘들겠다는 판단을 내렸다. 병력의 수는 많으나 그렇다고 월등히 많은 정도도 아니었다.

후군을 모집하라고 본국에 명령은 내렸지만 솔직히 많이 모아봐야 이삼만일 것이다. 그것도 쥐어짜야 나올 것이다.

하지만 문제는 병력의 수가 아니었다.

바로 초인.

일개 개인이지만 전장에서는 막대한 영향력을 구사하는 존재.

사기는 물론, 전쟁 자체를 바꿔버릴 수도 있는 존재들이 바로 초인이라는 존재다. 그 초인의 숫자에서 바젠틴이 밀리고 있었다.

'더욱이 지략가도 있어. 체르니에 적어도 나만 한 지략가가 있었나? 대체 어디서 솟아난 거지……? 대체 이놈의 왕국은……'

그리고 안토니는 다른 것도 놓치지 않고 있었다.

초인도 초인이지만 그 초인을 제대로 다룰 줄 아는 지략가가 적군에 있는 것이다. 특히 선봉군이 몰살당하거나 포로로 잡힌 전투만 봐도 그렇다.

아주 제대로 아군을 몰아붙였다.

초인의 무력과 병사들을 자기 손발처럼 휘둘러 아군을 궁지로 몰아넣고, 몽땅 포로로 잡아버렸다.

'전쟁이란 게 그렇게 마음대로 되는 것도 아닌데 말이지…….'

안토니의 생각처럼, 전쟁이란 게 원래 내 마음대로 되는 게 아니었다. 항상 변수라는 게 존재하는 게 전쟁이다.

그런데도 적의 지략가는 그걸 수월하게 해냈다.

누구인지는 모르나 그 또한 경계의 대상이었다.

'그리고 마지막……. 그 마력포, 대체 어떻게 된 거지? 알스테르담의 원조를 해줬던가? 아니, 아니야……. 들어본 결과 방식이 달라. 그렇다면 자체개발? 아니, 그것도 아니야. 콘라드가가 아무리 뛰어나도 마력포를 자체개발하는 방식은 모를 텐데……. 있었다면 당연히 걸렸을 테고. 대체 뭐지?

가장 안토니를 걱정시키는 건 초인도, 지략가도 아니었다.

그들이 운용할 마력포가 문제였다.

마력포는 알스테르담의 전유물이다.

포(砲)는 각 왕국도 사용한다.

하지만 마력포는 마도제국 알스테르담밖에 사용을 안 한다.

아니, 못한다는 게 맞는 말일 것이다.

마력포나 마도 라이플이나 둘 다 제국의 심장부에서 제조된다.

그리고 취급도 엄격하게 한다.

예전 그걸 노렸던 왕국이 결국에는 들키고, 역으로 강력한 보복을 당했다.

즉, 결코 유출되지 않았을 거란 소리다.

'마력포 그 자체가 이미 병사들에겐 공포의 대상인데……'

그래, 문제는 바로 이것.

마력포는 살상 능력도 능력이지만 군의 사기를 심각하게 깎아 놓는다.

선봉군이 궤멸한 이유도 바로 마력포로 인한 사기의 수직 하락이 일단 가장 큰 문제였을 것이다.

전의 상실.

그 후 도주.

혼란과 공포에 빠진 병사들이 뭘 생각할 수 있을까.

강까지 도망가다가 당연히 적이 모는 대로 줄줄이 들어간 것이다.

안 봐도 그 당시 상황이 그려지는 안토니였다.

그렇게 생각하니…….

'역시 이번 전쟁은……'

힘들겠다고 생각했다.

"무슨 생각을 하십니까?"

"네? 아, 아닙니다."

그렇게 생각에 빠져 있던 안토니를 깨운 건 옆에 앉아 있던 미남자였다.

리온 라이언 대공자.

적의 새벽의 기사에게 심각한 부상을 입고 사경을 헤매다가 겨우 성수의 도움으로 살아난 라이언 가의 대공자.

분명히 뛰어난 인물이긴 하다.

아버지인 리오 공작의 장점이란 장점은 모조리 가지고 태어난 남자.

하지만…….

'그래도 초인에 오르진 못했지.'

그뿐이다.

뛰어나다.

딱 그뿐.

자신을 부른 리온 대공자를 보면서 안토니가 가장 먼저 떠올린 건 딱 그거였다.

'군사는 어떻게 하는 게 좋다고 보는가?'

"음……."

툭 하고 물어온 리오 공작의 말에 안토니는 바로 대답을 못했다.

아니, 할 수가 없었다. 강을 도강하는 것도, 도강하지 않는 것도 사실 부담이 크기 때문이다.

"저는 넘어가는 게 좋다고 생각해요."

그때 툭 하고 끼어드는 미성의 목소리.

대체 어떻게 수락을 얻어낸 건지, 이번 전쟁에 같이 참여한 공작가의 막내 공녀, 헬레나의 목소리였다.

"음……."

그 말에 리오 공작의 얼굴에 바로 주름이 갔다. 마음에 들지 않는 것이다

하지만 그런 공작의 표정은 무시하고 헬레나는 바로 말을 이었다.

"체르니가 원하는 것도 강을 넘는 거예요. 원한다면 원하는 대로 해줘야죠. 그리고 넘지 않으면 이 상태의 소강이 계속될 거예요."

"무슨 뜻이지? 적이 우리가 넘기를 기다리고 있다니?"

리온 대공자의 물음에 헬레나가 그를 바라보며 입을 열었다.

"여력이 없는 거예요, 오랫동안 전쟁을 지속할."

"여력이 없다?"

"네."

리온 대공자가 되묻자 헬레나는 고개를 끄덕이며 대답했다

그리곤 다시 그 붉게 빛나는 입술을 열어 부연설명을 했다.

"속국 아닌 속국을 몇십 년이나 해온 나라예요. 재정이 좋을 리가 당연히 없어요. 그러니 장기전보단 단기전으로 승부를 보고 싶은 거예요. 그래서 저렇게 멀찍이 진형을 꾸리고 우리를 기다리고 있는 거예요."

"음……."

낮은 신음이 부자에게서 나오고, 그 말을 들은 안토니도 고

개를 끄덕이며 수긍의 기색을 비췄다.

생각해보니 확실히 그랬다.

체르니의 재정이 좋을 리가 없었다. 그렇다면 단기간으로 승부를 봐야 한다.

그걸 위해서는 서로 강을 두고 노려보고 있는 건 결코 좋지 않으니 군을 뒤로 멀찌감치 물린 것이다.

"듣고 보니 그렇군요. 맞는 말입니다. 체르니는 지금 재정이 안 좋으니 전형을 멀리 짠 것 같습니다."

"자네도 그렇게 느낀다면 그런 거겠지. 좋아. 내일부터 당장 군을 움직여 도강할 준비를 하게."

"알겠습니다."

안토니는 리오 공작의 말에 고개를 끄덕이며 대답했다. 그러자 리온 대공자가 조심스러운 목소리로 말을 꺼냈다.

"혹시 뭔가 노리고 있는 게 있지 않겠습니까? 좀 더 생각해보고 신중히 판단하는 게 좋을 것 같습니다. 아버지."

"가끔은 단호한 결정을 내려야 한다. 계속 생각만 하면 의심만 들어서 결정이 늘어지게 된다. 그럼 그것도 적이 바라는 바일지도 모른다. 유념해 둬라."

"하지만 적의 재정 상태가 좋지 않다면 저희는 당연히 장기전을 생각해야 하는 게 아닙니까?"

리온 대공자의 말은 지극히 당연히 얘기였다. 장기전이 적에게 불리하다면 당연히 장기전으로 전쟁을 끌고 가는 건 전쟁의 기본이다.

“그렇다. 당연히 그게 정석이긴 하다. 하지만 이 아버지는 힘 빠진 호랑이를 상대하고 싶지 않다.”

“…….”

그 말에 리온 대공자는 바로 입을 다물었다.

땅에 뿌리박은 나무처럼 단단한 아버지의 눈이 점차 강렬한 기세를 피워 올리는 걸 순간 보았기 때문이다.

“치욕을 얻었다.”

“…….”

“그리고 이 아버지가 누구냐. 리오 라이언 공작이다. 이번에는 정면 대결을 할 것이야. 그리고 완벽하게 눌러주겠다.”

쩌저적!

꽈직!

리오 공작이 손을 올려놓았던 테이블이 말을 끝남과 동시에 갈라지더니, 반으로 쪼개져 버렸다.

손에 힘을 너무 줘서 그 힘을 테이블이 견뎌내지 못한 것이다.

그리고 테이블을 부술 만큼 힘을 준 리오 공작의 눈동자는 사나운 빛을 발하고 있었다.

치욕이란 말을 했듯이 깨진 자존심이 다시금 리오 공작을 자극한 것이다.

그는 참고 있는 거지, 잊은 게 아니다.

가슴속 깊이 새겨 넣고, 영혼의 한 자락에 각인시킨 다음 때를 기다리고 있는 것이다.

"그들은 단둘이 와서 내 자존심 한 자락을 부수고 갔다. 그런데 그걸 갚는 내가 비겁한 짓을 하겠는가!"

"……."

"……."

"……."

리오 공작이 낮지만 강렬한 말에 셋은 아무런 말도 하지 못했다. 그리고 거기에 더해 숨까지 죽여야 했다.

리오 공작의 분노가 절절히 느껴진 탓이다.

"원하는 걸 얻기 위해서라면 나는 무슨 짓이든 해왔다. 죽여야 된다면 죽였고, 빼앗아야 된다면 빼앗았다. 하지만 이번엔 다르다. 정면으로 승부를 볼 것이다. 그게 내 상처 입은 자존심을 다시 회복시킬 유일한 방법이다."

힘 대 힘.

대체 왜 이런 생각을 하는 건지 모르겠지만 안토니는 그 말을 듣는 순간 이 전쟁에서 자신의 역할은 크게 많지 않을 것이라고 바로 깨달았다.

힘 대 힘이 부딪치는 대규모 전쟁에서 자신이 할 수 있는 일이란 고작 병력의 운용밖에 없을 것이다.

그리고 깨달아지는 다른 것 하나 더.

'졌다…….'

이번 전쟁.

시작도 하지 않았지만 안토니는 그렇게 단정 지었다. 상식적으로 이길 수 있을 만한 요소가 어느 하나 없는 탓이다.

'초인의 수에도 밀리고……'

저쪽은 넷, 이쪽은 하나.

'비밀병기의 보유 여부에서도 밀리고.'

저쪽은 어처구니없게도 마력포가 있는데 이쪽은 전무.

'지략가의 존재도 있고.'

이곳에 자신이 있다면 저곳에도 이름 모를 전략가들이 존재하고 있고.

'겨우 이길 수 있는 건 군대의 규모와 병사의 질인가……'

정찰을 보내서 확인해 본 결과 적의 숫자는 대략 팔만에서 구만 사이. 급하게 징집했을 테니 아마 정예는 아닐 것이다.

반대로 바젠틴군은 원정에 참여했던 병사들도 상당히 많았다. 적어도 병사들의 반 정도는 뮤란다 원정 참여군이었다.

'하지만 가장 중요한 부분에서 압도적으로 밀린단 말이지……'

그러면서 안토니는 머릿속으로 정면 대결을 할 경우를 그려 봤다.

우와와와!

하면서 우르르 달려가면?

쾅! 콰광!

하고 마력포가 불을 품을 것이고.

으악! 사, 살려줘!

하고 아군이 혼란과 공포에 빠지면?

우와와와!

하면서 반대로 적이 달려드는 그림.

'……'

그 그림이 그려지자 안토니는 눈을 질끈 감았다. 생각하기 싫은 아주 비참한 전개가 그려진 탓이다.

'말려야 한다. 정면 대결만큼은 반드시 막아야 해!'

안토니는 그렇게 생각했다.

그리고 눈을 떠 리오 공작을 바라보니…….

"……"

커다란 분노 안에 교묘히 숨은 기대감을 품은 리오 공작의 눈을 볼 수 있었다. 다시 덩달아 깨닫게 되는 것.

힘들겠다.

공작의 마음을 바꾸는 건 정말 매우 힘든 일이 될 것이라는 것을 보는 즉시 깨달을 수 있었다.

하지만 그렇다고 포기할 수도 없었다.

안토니는 이 전쟁에 자신의 목숨이 걸려 있다는 사실을 잘 알기 때문이다.

패하는 순간 아마… 자신은 죽을 것이다. 죽지 않더라도 인생 자체가 끝장날 것이다.

안토니는 기억하고 있었다.

그 잿빛 머리 쌍검 기사가 무시무시한 눈으로 자신을 노려 보던 것을.

그건 적의를 넘어서 반드시 죽이겠다는 살해 의지가 가득한 눈빛이었다.

도망친다 해도 끈질기게 쫓아올 것이고, 안 걸린다 해도 평생을 그의 눈을 피해 숨어 살아야 할 것이다.

하지만 일단 도망치는 것 자체가 쉬울 리가 없었다.

'설득해야 해……. 반드시!'

안토니는 눈을 빛냈다.

그 눈이 빛나는 이유는 생존에 강한 의욕 때문이었다.

다음 날부터 바젠틴군은 주변에서 나무란 나무는 전부 베어 오기 시작했다. 뗏목을 만들기 위함이었다.

다행히 주변에 숲이 많아서 나무를 구하는 건 그리 어렵지 않았다.

병력이 많다 보니 뗏목을 만드는 건 그리 어렵지 않았다.

경험자들의 지휘로 정말 거대한 뗏목이 바로바로 만들어 지기 시작했다.

일주일이 조금 더 지나자 뗏목의 숫자는 제법 많아졌다.

그리고 다시 일주일이 지나자 바젠틴군은 서서히 도강을 시작했다.

선발대로 넘어간 병력들은 곧바로 후속 병력의 호위를 시작했고, 그걸 시작으로 하나둘씩 십만이 넘는 대병력이 강을 넘었다.

빠른 유속 때문에 고생하긴 했지만 며칠째 밤낮으로 진행된 도강으로 병력의 반수 이상이 강을 넘었고, 그때 리오 공작이 강을 건너고 나자 비로소 진군이 시작됐다.

진형을 짜기 위해서였다.

그리고 강을 넘어 진군이 시작되는데도 체르니군은 정말 처음 그 자리서 꼼짝도 하지 않았다.

마치 오는 걸 반기는 그런 느낌마저 들었다.

"적은 어떻게 진형을 세웠는지 보고는 들어왔나?"

"네, 바이칼 요새서부터 남으로 쭈욱 늘어서서 진형을 구축했다 합니다. 저희 군이 혹시 모를 별동대를 왕국 내로 진입시킬까 봐 그걸 염두에 두고 진형을 꾸린 것 같습니다."

"확실히 머리를 좀 쓸 줄 아는 자가 끼어 있군. 누구라고 생각하나? 콘라드 후작?"

리오 공작의 물음에 안토니는 잠시 생각에 잠겼다 대답했다.

"아닐 겁니다. 그는 이미 노쇠해서 이런 전장에 나올 리가 없습니다. 아마 알려지지 않은 다른 자일 겁니다."

"파악해두게. 나는 정면으로 붙고 싶지만 그자가 계략을 써 올지도 모르니."

"네……."

대답하는 안토니의 표정은 어두웠다.

이유는 바로 공작을 아직도 설득하지 못했기 때문이다.

그 다짐을 하고 며칠이 지난 뒤 조심스럽게 얘기를 꺼냈지만 그 주제로 일분도 대화를 이어나가지 못했다.

리오 공작이 아예 기운까지 써가면서 압박을 가했기 때문이다.

정신적으로는 강하지만 육체를 단련하지는 않았기 때문에 그 당시 안토니는 숨이 막혀 토악질까지 했다.

그만큼 초인이 기세를 일으켜 가해온 압박이 거셌다.

그 뒤로는 단 한 번도 그 주제에 대해서 말을 꺼내지 못했다.

오직 힘으로 적을 찍어 누르겠다는 강한 의지를 보이는 공작 때문에.

그래서 안토니의 표정이 어두웠다.

'이해를 못하는 걸까, 정면 승부는 너무 위험하건만……. 휴우.'

절로 한숨이 나오는 안토니였다.

하지만 이제는 리오 공작을 설득할 마땅한 방법이 없었다. 그리고 사실 안토니가 자신의 자존심을 그렇게 따지지 않아서 이해를 못하는 것이기도 했다.

또한 결정적으로 초인이란 존재가 얼마나 자존심이 강한지도 가늠하지 못하고 있었다. 누구보다 특별한 존재이기 때문에 누구보다 자존심이 강하다는 것을. 그걸 제대로 파악하고 있지 못했다.

아니, 어느 정도는 알고 있긴 하지만…….

'그렇다면 차라리…….'

안토니는 차라리 공작을 설득할 방법을 포기하고, 전면전에서 쓸 수 있는 전술을 생각하기 시작했다.

반드시 이겨야 하는 전쟁인 만큼 그냥 힘 대결로 몰고 갈 수는 없는 노릇이기 때문이다. 최소한 용병술로 어떻게든 밀리는 부분을 보완해야 했다.

'걸리면 목이 날아가겠지…….'

하지만 그조차도 아마 공작은 생각하고 싶지 않을 것이다.

안토니는 시선을 슬쩍 돌려 공작을 바라봤다. 물론 이렇게 슬그머니 봐도 공작 정도라면 자신이 바라보고 있다는 걸 알고 있을 것이다.

하나 그래도 안토니는 봤다.

꽉 다문 입술, 짧게 정돈한 금빛 머리. 깊고, 무감각하게 사물을 바라보는 눈빛. 모든 게 평소의 공작과 똑같았다.

그러나 안토니는 이런 평소의 공작에게서 기묘한 위화감을 느끼고 있었다. 오랫동안 보필해 왔기에 알 수 있는 것, 바로 간질거리는 그 느낌.

보편적으로 '전의'라고 부르는 것. 그게 원인이었다.

'…….'

역시, 그 모습을 보니 말릴 방법이 없어 보였다.

Chapter
66
대
면

루는 높게 자란 나무 꼭대기에 올라 시야 끝, 멀리서 진을 형성하고 있는 바젠틴군을 보고 있었다.

그냥 개미같이 작은 모습으로 점점이 보이고 있었지만 유동적인 움직임 또한 같이 있었다.

"후, 후후."

루는 웃었다.

저렇게 멀리 있는데도 바람을 타고 오는 건지, 아니면 두억시니가 직접 향을 끌고 오는 건지 루의 뇌리로 아주 지독한 냄새가 스며들고 있었다.

볼 것도 없다.

예전에 한 번 본적이 있는 자.

리오 라이언 공작의 냄새다.

물론 달콤하고 향기로운 좋은 냄새가 아니다.

절로 인상이 찌푸려지고, 코가 아닌 뇌가 썩을 것 같은 아주 구역질 나는 냄새다. 냄새라는 단어보다 악취라는 단어가 더 어울릴 정도였다.

그리고 루에게 그런 악취가 나는 인간은 반드시 죽여야 할 대상이었다. 그건 두억시니의 영향이기도 했지만 어느새 루의 본심이기도 했다.

"……."

루는 입가에 희미하지만 상당히 위험한 미소를 그린 채 저 멀리 있을 게 분명 리오 공작을 생각했다.

루가 봐온 악인 중 가장 더러운 악취를 풍기던 리오 공작.

사상 자체가 '힘이 있는 자가 모든 것을 가진다' 이기 때문에 자신의 이득을 위해서 사람을 죽이는 걸 아주 당연하게 생각하는 자였다.

그것만 해도 리오 공작은 루에게 일생의 대적이 되어버렸다. 근데 거기에 이유 하나가 더 늘었다.

중앙 기사단.

그 중앙 기사단을 움직이는 자가 바로 리오 공작인 것이다.

피치에 마을을 뒤집었던 중앙 기사단의 총수를 루가 용서할 리가 없었다. 이미 바젠틴 소속이라는 것도 확실히 알았으니 더욱 용서할 수 없었다.

더욱이 이루릴의 복수도.

스슥.

루는 밑에서 느껴지는 인기척에 슬쩍 아래를 바라보자 은발의 긴 머리를 휘날리며 서 있는 미오를 볼 수 있었다.

"왜?"

"회의한대요."

"알았어."

휙.

루의 신형이 바로 아래로 빨려 들어가듯이 꺼졌다.

탁.

먼지와 둔탁한 소음이 일며 루가 바닥에 착지했고, 곧 앞장서 걷기 시작했다. 뭐, 말할 것도 없이 지휘 막사다.

거대한 천으로 쳐진 막사에 도착하니 루는 자신을 뺀 나머지 지휘관급 인물들을 볼 수 있었다.

유라와 란스, 그리고 바이칼 후작과 실바에르 부관, 앤드류, 백인결사 라이칸 단장과 부단장 레돔, 수도에서 징집병을 인솔해온 가브리엘 그리고 이제는 지혜로운 별이라고 불리는 이레인 콘라드까지.

모두가 먼저 모여 조용히 앉아 있었다.

"어서 앉아."

"응."

유라의 말에 루는 가볍게 대답하고 유라의 옆에 앉았다. 루가 슬쩍 본 유라의 얼굴엔 항상 짓고 있던 은은하고 따뜻한 미소는 없었다.

적의 대군과 드디어 마주쳤기 때문인지 그녀답지 않게 살짝 긴장한 얼굴이었다.

“…….”

“…….”

깊은 적막이 막사를 휘감고 돌았다.

루와 미오가 자리에 앉은 시간을 기점으로 마치 고대마법 중에서도 상위 클래스 마법이었던 사일런스(Silence)에 걸려서 강제로 입이 봉해진 사람들 같았다.

왜 그런 걸까? 하는 의문은 필요치 않았다.

모두가 잘 알고 있었기 때문이다.

긴장.

적을 앞에 두고, 왕국의 운명이 걸린 전쟁을 앞에 두고 당연히 가지게 되는 끈적끈적한 긴장감 때문이었다.

10분 정도를 모두가 약속이라도 한 것처럼 침묵을 유지했다. 겨울이라 공기마저 차서 천막 안은 싸늘함까지 풍겼지만 몇 명의 얼굴에는 식은땀마저 흐르고 있었다.

쿵!

그 땀이 떨어질 때 틱, 하고 아주 작은 소음을 유발했을 뿐인데 사람들은 긴장해서 감각이 날카로워졌는지 쿵! 하는 소리로 들었다.

그리고 그때 유라가 입을 열었다.

"지금부터 제가 처음으로 명령을 내릴 생각이에요."

스윽.

정면을 바라보던 감은 눈의 시선이 정확히 오른쪽의 루부터 시작해서 한 명 한 명 훑고 지나갔다가 마지막으로 왼쪽의 란스에게서 멈췄다.

꿀꺽.

바이칼 후작의 부관 실바에르가 그 긴장감에 침을 꿀꺽 삼키자, 이번에도 역시 그 소리에 맞춰 유라가 다시 입을 열었다.

"적을 단번에 궤멸시킬 작전을 생각해내세요."

"……."

"……."

고요한 막사의 침묵을 깨며 나온 유라의 말은 모두의 입을 닫아버리고, 긴장을 더욱 끌어올렸다.

너무 유라답지 않은 명령이기 때문이다.

하지만 몇몇은 유라가 왜 이런 명령을 내렸는지 이해했다.

그중 루도 당연히 끼어 있었다.

피식.

남들이 긴장할 때, 루는 슬쩍 웃었다.

'아군의 피해를 최소화하기 위해서겠지.'

안 물어봐도 뻔했다.

유라는 이번 전쟁에서 아군, 적군 할 것 없이 피해를 최소화하기 위해서 이런 작전을 생각해낸 것이다.

애초에 사람을 죽이는 걸 별로 좋아하지 않는 유라다.

자신의 테두리에 들어온 것들을 지키기 위해 전장에 섰지만 그래도 유라 본연의 본성은 죽지 않았었다.

그리고 이번 전쟁은 바젠틴과 자웅을 겨루는 마지막 전쟁.

양국 모두 피해를 최소화시키길 원하고 있는 것이다.

'역시 누나다워.'

루는 참 유라다운 명령이라고 생각했다. 몇 가지 중요한 맥락은 빠졌지만 그 말에 이미 몇몇은 이해를 하고 있었다.

그 몇몇 중 한 명인 앤드류가 조심스럽게 물었다.

"적의 궤멸입니까? 아니면 지휘부의 궤멸입니까?"

"지휘부."

앤드류의 말에 유라가 바로 즉답으로 말했다.

그리고 그 말에 거의 모두가 고개를 끄덕였다.

"바젠틴은 리오 라이언이라는 걸출한 인물이 있기 때문이지, 다른 뛰어난 인재가 없어요. 숨을 죽이고 있는 건지, 아예 없는 건지 모르지만 라이언 가의 인물들만 잡는다면 바젠틴은 한동안 꼼짝도 못할 거예요."

이레인의 말이었다.

최초에 그녀가 말한 것처럼, 바젠틴은 리오 공작과 리온 대공자를 뺀다면 이렇다 할 영향력을 가진 귀족이 없었다.

그건 곧 라이언 가만 사라진다면 바젠틴은 무주공산이 될 가능성이 높다는 소리다.

이레인이 한 말은 딱 그거였다.

두 부자를 잡는다.

아니, 아예 지휘부 전체만 잡는다.

그럼 지휘자를 잃은 병사들은 통제를 벗어나게 될 테고, 전쟁은 그 순간 끝난 것과 다름없어질 것이다.

"적군의 예상 병력은 대략 십오만 정도입니다. 후군도 있을지 모르겠지만 와봐야 이미 전쟁은 끝나 있을 겁니다."

"저희가 원하는 건 전면전입니다. 고대 마력포의 압도적인 화력을 이용해 적의 사기를 꺾고, 단번에 밀어버리는 것. 그게 이번에 저희가 할 수 있는 가장 최선의 수입니다."

"군량은 버텨봐야 육 개월이 전부예요. 그 안에 무슨 수를 써서라도 전쟁을 끝내야 해요."

란스를 시작으로 앤드류, 이레인이 각각 현 상황에 대한 브리핑을 시작했다. 삼 인이 돌아가며 얘기하고 있지만 워낙 영향력이 있는 인물들인지라 모두가 주의 깊게 듣고 있었다.

"적은 자신감에 차 있습니다. 아니면 뭔가에 사로잡혀 사리판단을 잘못하고 있다고 봐도 됩니다."

"맞습니다. 고대 마력포의 존재는 이미 밝혀진 지 오랩니다. 히든카드가 아니란 소리죠. 그런데도 겁없이 강을 건넌 것을 보면 결국엔 둘 중 하나입니다. 고대 마력포를 상대할 방안이 있거나 아니면 아예 무시하고 있거나.”

“하지만 고대 마력포를 상대할 만한 방안이 있을 리가 없어요. 연사 속도는 물론 사거리도 길기 때문에 웬만한 방법으론 상대할 방법이 전무하니까요. 아마… 이건 제 개인적인 생각이지만 지금 라이언 공작은 분노 때문에 앞뒤를 제대로 못 보고 있는 건지도 몰라요.”

다시 한 번 셋이 각자의 의견을 내쏟기 시작했다.

물론 서로의 의견에 대항하는 의견이 아닌, 그 의견에 첨언을 넣는 방식이었다.

마지막 이레인의 말엔 모두가 잠깐 의문을 가졌다.

알려지기로 리오 라이언 공작은 굉장히 냉철한 사람이다. 피도 눈물도 없는 사람이라는 평이 대부분이다.

그건 일반으로 알려진 게 아닌, 아는 사람만 아는 정보였다.

“하지만 그는 초인입니다. 그 정도 감정 컨트롤을 못한다는 건 상식적으로 말이 되질 않습니다.”

“저도 동감입니다.”

란스의 말에 앤드류가 동의를 표했다.

란스는 본인이 초인이기 때문에 초인의 인내심이 얼마나 넓고, 깊은지 알고 있었다. 웬만한 일에서는 꿈쩍도 하지 않는 게 초인에 오른 자의 정신 상태다.

앤드류 또한 사 남매를 어려서부터 봐왔기 때문에 잘 알고 있었다.

유라 같은 경우는 마음이 흐트러지는 걸 한 번도 본 적이 없
었다.

그랬기 때문에 란스의 말에 동의를 한 것이다.

하지만 이레인의 생각은 달랐다.

"맞아요. 초인에 오른 사람일수록 정신 수양이 잘되어 있는
게 기본이죠. 하지만 이걸 생각하셔야 해요. 초인도 사람이
다."

"……."

"……."

그 말에 둘이 침묵하자 이레인이 다시 입을 열었다.

"초인은 인간을 벗어난 능력 때문에 그렇게 부르는 거예요.
하지만 그렇다고 완전히 인간을 벗어난 건 아니에요. 인간은
신이 될 수 없기 때문이죠. 그런 가정을 해본다면… 루 기사님
이 그에게 가한 피해도 생각해 봐야 해요."

"음……."

"……."

그 말에 란스는 진중한 침음을 흘렸고, 앤드류는 그냥 침묵
했다. 그걸 보며 역시 이레인은 다시 입을 열었다.

"리오 라이언 공작은 태어나서부터 지금까지, 실패라는 걸
모르고 자랐어요. 재능, 그 두뇌 회전에, 냉철한 성격까지. 하
지만 소피아를 납치하고 리온 대공자와 결혼을 시키려고 했을
때 그는 굉장한 일을 당했어요. 안방이나 다름없는 자신의 본

가에서 신부를 빼앗긴 건 물론, 검을 들고도 루 기사님을 이기지 못했어요. 아니, 이기지 못한 정도가 아니라 세간의 평으로는 오히려 조금 밀렸죠."

"……."

"……."

모두가 숨을 죽이고 이레인의 말에 주목했다. 이 얘기는 중요한 얘기라는 걸 본능적으로 알고 있기 때문이다.

"자존심에 심각한 타격을 입었을 거예요. 여러분도 각 방면에 뛰어난 경지를 이루신 분들이니 아실 거예요. 자존심에 상처를 입으면 어떤 상황이 오는지……."

"앞뒤 못 가리고 덤벼들게 되겠지."

이레인의 말에 루가 툭 내던지듯이 그 말을 받았다.

사실이었다.

자존심이란 건 사람이 가지는 기본적인 마음이다. 그건 때로는 그 사람을 지키는 중요한 마음이 되지만 반대로 상처를 입었을 땐 그걸 되돌리려 무모한 짓도 서슴지 않게 된다.

그건 대륙의 역사적으로 봐도 수없이 반복된 일이다.

대륙에 산재한 전쟁 전문가들은 아직도 전쟁 중인 알스테르담과 발바롯사가 싸우는 이유가 바로 이 자존심 때문이라고도 했다.

점령자의 자존심.

진군저지자의 자존심.

먹어 치우고, 막는 자가 가진 자존심이 그 전쟁이 일어난 원인이라고 했다. 그리고 그건 굉장히 신빙성이 있는 주장이었다.

둘은 대륙에서 첫 번째를 다투는 지략가들이다.

물론 점령하고, 막아내는 것에 특화된 지략이지만 그 둘이 대륙 최고의 두뇌라는 것엔 누구도 이견을 달지 않는다.

첫 번째를 가린다.

그러기 위해 싸운다.

결코 신빙성이 없는 얘기가 아니었다.

다시 본론으로 돌아가서… 이레인은 리오 라이언 공작이 이 자존심에 타격을 입어 앞뒤 분간을 못하고 있다고 생각했다.

"태어나서부터 지금까지 실패라는 걸 몰랐던 자예요. 비록 대륙 서부 쪽에 한정되지만 그가 최강자라고 하는 사람들도 있고, 그것이 맞는 말일 수도 있어요. 그런데 루 기사님이 훼방을 놓은 거죠, 자신의 행사에. 그래서 자존심에 타격이 갔고……. 그렇다면 그걸 다시 회복시키는 방법은 단 하나."

이레인이 지금까지 자신이 주장했던 걸 다시금 간추려서 얘기하자 루가 조용히 그 말을 받았다.

"복수."

"맞아요. 그 대상을 제거하는 것만이 깨진 자존심을 회복시킬 수 있는 유일한 방법이라고 할 수 있죠."

"동감합니다."

루는 이레인의 말에 동의했다.

이레인이 말하는 동안 자신이 그런 상황이라면 하는 가정을 해보니 충분히 가능했기 때문이다.

그리고 사실 여기에 있는 사람들이 모르는 것이 하나 더 있었다.

그건 가장 상석에서 조용히 대화를 듣고 있는 유라의 존재가 그 이유다.

사실 가장 처음 강렬한 인상을 남기면서 훼방을 놓은 존재는 유라다.

그래서 적수가 없던 리오 공작에게 유라에 대한 기대감이란 게 생성된 것이고, 그건 마치 짝사랑의 감정처럼 커간 것이다.

리오 공작 본인도 모르는 사이에.

"좋습니다. 그럼… 전면전을 벌일 가능성이 높겠군요."

"전면전이라……. 그럼 얘기가 쉬워집니다."

루가 수긍하자 란스와 앤드류는 이레인의 말에 수긍할 수밖에 없었다.

물론 하기 싫었던 건 아니지만 들어보니 맞는 말 같아 리오 라이언 공작이 '분노' 에 잠식됐다는 가정을 깔고 생각을 시작한 것이다.

"그럼… 라이언 공작은 누가 상대하실 겁니까?"

앤드류가 조용히 물었다.

그러자 그 조용한 물음에 조용히 올라가는 손.

"내가 상대한다."

루였다.

루는 절대 리오 라이언 공작을 누군가에게 넘기고 싶은 마음이 없었다.

꼭 목을 베어야 할, 안 그러면 두고두고 후회할 것 같았기 때문이다.

그리고 가장 결정적인 이유는… 두억시니가 바라고 있었다.

솔직히 말하자면 지금도 루의 내면 안에서 꿈틀거리고 있었다.

선봉군을 박살 낸 작전 이후 태을청명을 중점으로 훈련했기 때문에 두억시니가 날뛰는 일이 없었지만 만약 그러지 않았다면 지금 루의 모습은 거의 악귀에 가까웠을 것이다.

그만큼 피를 본 루는 표정이나 말투, 기세 등이 완전히 다르기 때문이다.

제어는 가능하나 조금만 흐트러지면 그 본성을 겉으로 드러내는 게 바로 두억시니였다.

"그래, 루라면 믿을 만하지. 확실하게 복수를 부탁한다."

"걱정 마."

이미 앤드류는 물론, 유라도, 란스도 피치에 마을의 홍수가 누군지 알고 있었다.

리오 라이언 공작의 수하, 안토니가 어둠 속에서 쓰기 위해 창설한 기사단.

그들은 자신의 주군이 안토니라고만 알고 있었다.

"그럼… 안토니인가? 하는 그 작자는 내가 맡을게."

"누나가?"

"응, 왜? 안 돼?"

"아니, 상관없어."

피치에 마을은 소중한 마을이었다.

그때의 일.

단 한 번도 사 남매는 잊지 않았었다.

그건 앤드류나 얀을 포함한 총기사들도 마찬가지였고.

"자, 그럼 이 얘긴 그만. 좀 더 정확한 작전을 부탁해."

"알았어."

그 후부터 작전에 대한 대대적인 회의가 시작됐다.

일단 가정은 리오 공작이 '분노에 빠졌다'는 전제하에 벌어졌다.

전면전을 시작하면 굉장히 심플할 것 같지만 실제로는 그렇지 않았다.

병력을 운용하는 용병술은 물론, 어느 시점에 어느 부대를 돌격시킨다든지, 그 부대가 돌격하는 방향이라든지, 변수가 생겼을 때 대처 방안이라든지.

생각할 게 한두 개가 아니었다.

당연히!

회의는 길어질 수밖에 없었다.

유라가 적을 궤멸하라는 '명령' 아닌 명령을 내린 그날은 지휘 막사 안의 불이 꺼질 줄을 몰랐다.

전쟁이라는 것은 정말 많은 것을 생각해야 한다. 절대로 내 마음대로 되는 게 아니기 때문이다.

적군을 무능한 지휘관이 이끌고 있다면 말이 달라지겠지만 유능한 지휘관이 이끌고 있다면 단 한 번의 전투로 복구할 수 없는 피해를 입는 경우가 종종 있었다.

이때, 가장 중요해지는 건 역시 작전을 짜는 참모의 역할을 맡은 자다. 사령관을 도와 모든 것을 총괄하는 참모의 역할은 그야말로 막중한 책임을 떠맡게 된다.

그들의 선택 하나가 승리를 좌지우지, 좀 더 직설적으로 말하자면 병사들의 목숨을 죽이고 살리기 때문이다.

그런 역할이기 때문에 참모에 앉은 자는 상당한 압박감을 받는다. '내 손에 수많은 병사들의 목숨이 걸려 있어' 이런 생각을 하기 때문이다.

물론 그렇지 않은 참모도 있지만 수만의 생명을 등에 업게 되면 누구라도 그런 생각을 하게 마련이었다.

이런 가정을 생각해 볼 때 체르니군이 다행인 건 참모가 셋이나 있다는 점이었다. 그들은 셋이나 있기 때문에 생명의 무게가 짓눌러오는 압박감을 나눠 가졌다.

압박이 사라진다는 건 좀 더 여유로워질 수 있다는 점이고,

여유로워진다는 것은 좀 더 넓은 시야를 가질 수 있다는 점이었다.

또한 시야를 넓게 가질 수 있다는 것은 좀 더 작전을 완벽하게 보완할 수 있다는 점도 있었다.

"적의 진형은 거의 우리와 빼 닮았습니다. 이건 명백하게 힘으로 돌격해오겠다는 것과 다름이 없습니다."

란스가 그 특유의 묵직한 목소리로 말하자 앤드류와 이레인이 고개를 끄덕였다.

최초 바젠틴군의 진형이 만들어지는 걸 당연히 정찰로 보고받았다.

그리고 보고받은 그 진형은 체르니군이 형성하고 있는 진형과 굉장히 흡사했다. 그렇다면 결국 뜻은 하나다.

보병은 보병끼리, 기병은 기병끼리.

힘으로 맞붙어서 부수겠다는 것.

그 의지가 절절히 느껴졌다.

"적은 지금 십오만 대군의 막바지까지 넘어왔습니다. 제가 보기엔 지금도 기회입니다. 아직 제대로 자리를 잡지는 못한 지금 한 번 공격을 해도 좋을 것 같습니다."

앤드류가 고개를 끄덕이며 말했다.

마구잡이로 몰고 오는 것 같지만 리오 공작은 천천히, 차근차근 병력이 넘어올 때까지 기다렸다가 진군해 진형을 짜기 시작했다.

그리고 경계도 상당했다.

각각 위치마다 척후병을 세워놓아 혹시 모를 기습에 대비했고, 병사들도 넓게 포진시켜 마력포의 공격에 대비를 하는 모습을 보였다.

그 때문에 유라는 산발적인 전투가 괜한 피해만 유발할 것 같아 돌격을 하지 않았다. 물론 거기엔 유라의 의중을 파악한 세 명의 참모가 동의했기 때문에 이루어졌지만.

"저도 찬성이에요. 일단 적 병사들의 실력이나 적 지휘관들의 운용 능력도 한 번쯤은 봐둬야 다음이 더욱 수월해질 거예요."

적의 훈련 정도나 간부들이 얼마나 병사들을 잘 통제하는지를 보는 것도 중요했다. 즉, 간보기다.

간을 봐야 음식을 만들지 않겠는가?

그렇게 세 명의 참모가 얘기를 꺼내자 있는 듯 없는 듯 가만히 듣고 있던 루가 조용히 웃으며 말했다

"인사라도 하고 올까?"

루의 얼굴은 웃고 있었지만 뭔가 의미심장한 뭔가가 있었다.

"루."

"응?"

유라의 부름에 대답하는 루.

"누나도 같이 가."

“엥?”

놀라고 말았다.

유라는 원래 그런 걸 하는 성격이 아니기 때문이다. 유라는 본인이 튀는 걸 그다지 좋아하는 성격이 아니었다.

그걸 잘 아는 루라서 놀란 것이다.

“왜 그런 표정이니?”

“아니, 그냥 좀 놀라서. 누나가 인사라니……. 내가 말한 인사가 평범한 인사가 아니란 것쯤은 잘 알잖아?”

“기선 제압용이잖아. 그거?”

“그렇지.”

유라의 되물음에 루는 고개를 끄덕였다.

말이 인사지, 적의 사기를 꺾는 목적의 인사였다. 그렇게 되면 당연히 모두의 이목을 끌 수밖에 없었다.

“내가 나가면 아군의 사기도 오르지 않을까?”

“그야… 그렇지.”

루는 유라의 말에 고개를 끄덕이며 대답했다.

유라가 보여줄 수 있는 신위는, 루가 보여줄 수 있는 신위에 비하면 그 급이 다르다.

유라가 나간다면 바젠틴에서 어떻게 대응한다고 해도 당할 수밖에 없었다.

그건 루의 생각이지만 유라의 말을 들은 전부가 루와 동일한 생각을 했다.

모두가 생각하는 유라는 그야말로 '왕' 이라고 생각하고 있
었다.

체르니 왕국의 왕은 분명히 따로 있지만, 유라의 조용한 카
리스마와 무력, 그 모든 게 오히려 더욱 왕에 적합했다.

"참, 인사하는 김에 우리 그냥 다 같이 나갈까?"

"응? 란스랑 미오도 같이?"

루가 되묻자 유라가 싱긋 미소를 지으며 고개를 끄덕였다.
그게 무슨 의도인지 몰라 루가 고개를 모로 갸웃거리자 유라가
다시 말했다.

"하나보단 둘, 둘보단 셋, 셋보단 넷."

"아, 초인의 무력을 보여 확실하게 적의 사기를 꺾을 생각이
시군요."

앤드류가 유라의 말을 듣자마자 바로 대답했다.

아주 간단한 이치였다.

하나보단 둘, 둘보단 셋, 셋보단 넷.

초인 넷의 무력은… 아마 상당히 재미있는 결과를 이끌어
낼 것이다.

물론 아군에겐 이롭고, 적군에겐 해로운 재미있는 결과다.

다음 날.

해가 중천에 떴을 시점에 체르니군은 전체적으로 부산스러
워졌다. 진형 깊숙이 보관하고 있던 '쇳덩이' 들이 전면으로 나

서서 배치됐다.

당연히 그 쇳덩이들은 고대 마력포였다.

그다음 총기사들이 품에 사 남매 고유의 기운을 담은 구슬을 품고 대기를 했다.

각각 십 미터씩 거리를 두고 배치된 고대 마력포 사이로 바이칼 기병들이 포진했다. 모두 2만에 가까운 바이칼 기병은 사기가 오를 만큼 올랐는지, 아주 위풍당당한 모습들을 보여줬다.

그 외 보병, 궁병들이 바이칼 후작과 실바에르 부관, 그리고 앤드류와 가브리엘의 지휘로 전투 준비를 맞췄다.

해가 중천을 지나기 시작하자 체르니군의 진형에서 각각의 특징이 뚜렷한 사인이 말을 타고 앞으로 나섰다.

다각다각 거리는 말발굽 소리와 함께 여유있는 모습으로 나서기 시작한 네 사람은 당연히 유라를 포함한 사 남매였다.

사 남매는 천천히 앞으로 말을 타고 나와 아군과 적군의 딱 중간쯤에 멈춰 섰다.

그러고는…….

한가하게 잡담을 시작했다.

"누가 나올까?"

"예상대로라면… 라이언 공작이 나오겠지."

유라의 물음에 루가 조용히 대답했다.

"저희가 넷이니 아마 한두 명은 더 나올 겁니다."

그리고 란스가 첨언을 더 넣었다.

"제게 당한 라이언 공작 가의 대공자가 일어났다고 들었어요. 같이 왔다면 아마 그도 나올 거예요."

짝!

"아, 맞다. 그가 있었지."

미오가 조용한 목소리로 말하자, 루가 손뼉을 짝 소리가 나게 치며 말했다. 생각난 것이다. 미오의 사일에 얻어맞고 쓰러진 라이언 가의 대공자.

그 당시 리오 공작과 전투를 하느라 기억이 희미하긴 했지만 분명 처음에 몇 마디 말을 나눴던 기억은 있었다.

"미오, 너한테 이를 갈고 있겠는데?"

"제게 맡겨주세요."

루가 피식 웃으면서 놀리듯이 말하자 미오가 안 그래도 차가운 눈매를 더욱 가늘게 좁히며 대답했다.

그는 어쩌면 미오에겐 단 한 번, 실패의 대상이다.

죽이려고 사일을 뿌렸는데, 죽이지 못했다.

사일은 분명 그의 가슴팍에서 터졌다. 하나 당시 느꼈던 감각은 '빗맞았다'. 도에서 타고 올라온 느낌은 그거였다.

당시에도 기분이 나빴고, 그 나쁜 기분은 지금까지도 조금은 가지고 있었다. 그게 좀 전 루의 발언으로 되살아나기 시작했다.

"살살해."

“네.”

루가 웃으면서 살살하라고 했다. 그리고 미오도 그 말에 순순히 고개를 끄덕였다. 하지만 대화를 들은 사 남매는 잘 알고 있었다.

이번에야말로 리온 대공자가 미오와 부딪친다면… 분명히 죽을 것이다. 그건 일대 다수로 맞닥뜨리거나 리온 대공자가 도망치지 않는다면 분명히 그리될 터였다.

그렇게 사 남매가 잡담을 하고 있을 때, 바젠틴군에서 소란이 일었다. 거리가 상당해 누구인지 확인은 불가능하겠지만 아마, 대략적으로 짐작은 하고 있을 것이다.

그건 병사들도 마찬가지다.

넷.

그 넷이라는 숫자가 바젠틴에게 주는 의미는 바로 자신들의 적인 체르니에 속한 초인의 숫자다.

즉, 언제 자신들의 목을 베어 넘길지 모르는 자들의 머리 숫자인 것이다.

소란은 점차 동요가 되었고, 그 동요는 순식간에 바젠틴군으로 퍼지기 시작했다. 단지 저 사 남매를 알아차린 것만으로 일어난 현상이었다.

하지만 어쩌면 당연한 일이었다.

이미 선봉군이 저들에게 손도 제대로 못 써보고 궤멸당한 전적이 있었다. 그리고 그건 일반 병사들도 전부 알고 있었다.

그러니 은연중 두려움이 정신에 깃드는 것도 무리가 아니었
다. 아니, 오히려 당연한 일이 아닐까 싶었다.

"역시 동요가 일어나는군요."

"그렇겠지, 우리의 정체를 파악했다면."

란스의 말에 루가 조용히 대답했다.

사 남매는 이제 잡담을 멈추고, 진중하게 가라앉은 눈으로
적진을 살피고 있었다. 어떤 반응이 나올지, 자못 궁금한 감정
을 가슴에 품고서.

"나올까?"

유라가 시선은 전방에 두고, 동생들에게 물었다.

"나올 겁니다."

대답은 란스가 했다.

그러면서 어느 한쪽을 시선에 담기 시작했다.

조금씩 열리는 길.

이 상황을 마무리하려는 건지, 아니면 사 남매와 마찬가지
로 인사를 하러 나오려는 건지, 몇 명의 인물들이 사 남매와 온
것처럼 말을 타고 천천히 다가오기 시작했다.

천천히 살펴보니… 인원은 다섯.

그들을 바라보며 루는 웃었다.

하지만 미간은 희미하게 찡그려져 있었다.

두억시니가 또다시 꿈틀거리기 시작한 것이다.

'참아, 조금만 참아…….'

루는 속으로 속삭였다.

그건 자신이 아닌, 두억시니에게 보내는 속삭임.

루가 그렇게 속삭인 탓인지 꿈틀거리던 두억시니의 움직임이 멎는 걸 루는 느꼈다. 그러자 더욱 진하게 피어나는 미소.

'어서 와라⋯⋯.'

"어서 오세요."

마침내 그들이 도착하자 유라가 조용한 미소를 지으며 그들에게 인사했다. 적이지만 이건 인사하는 자리.

나름 예의를 차린 것이다.

"반갑소이다. 바젠틴 왕국의 리오 공작이오."

적에게서도 인사가 날아들었다.

그러자 유라는 그 인사를 한 사람을 정확히 쳐다본 후, 다시 인사를 했다.

"부족하지만 체르니군을 이끌고 있는 유메리아라라고 해요."

"허허, 그대였군. 잘 들어서 알고 있소. 다시 한 번 인사드리오. 기사왕."

"과찬이세요."

리오 공작의 눈동자에 희미하지만 희열이라는 감정이 들어서 있었다. 그걸 사 남매는 바로 감지해 냈다.

"이쪽은 제 동생들이에요."

"동생들이라……. 본 적이 있는 얼굴들이 있군. 그래도 인사는 해야겠지……. 반갑소, 리오 공작이오."

유라의 소개에 리오 공작은 루는 물론, 유라, 그리고 란스에게 시선을 한 번씩 준 다음 고개를 적당히 숙여 인사를 했다.

피식.

겉으로 나오려는 그 웃음을 루는 속으로 한 다음 마주 인사를 했다.

'참아라.'

"반갑습니다. 기사, 루시드입니다."

다시금 꿈틀거리는 두억시니를 달래면서.

루가 인사를 하자 다음은 란스와 미오가 짧게 인사를 했고, 반대로 리오 공작이 일행을 소개했다.

"그럼 이쪽도 소개를 해야겠지. 여기 이 사람은 바젠틴 근위 기사단장인 빌란 후작이오. 그리고 이쪽은 왕실의 그림자 기사단이라 할 수 있는 팬텀 기사단의 듀빌란 후작이오. 저 친구는 내 부관인 안토니. 아, 그리고 여기 있는 청년은 내 아들인 리온이오."

"반갑소이다."

"반갑소."

"……."

공작의 소개에 두 후작은 고개만 까닥여 인사를 했고, 리온 대공자는 그저 침묵한 채 어느 한 곳을 노려보고 있었다.

당연히 그 시선의 끝에는 미오가 있었다.

뭐, 어떻게 보면 당연한 일이었다.

그는 미오의 사일에 얻어맞고 죽을 뻔했으니까……. 저렇게 분노한 눈으로 노려보는 건 그 대상인 미오조차 조금은 이해하고 있었다.

물론, 그렇다고 봐줄 생각은 전혀 없었지만.

"자, 이쯤에서 소개는 끝났으니… 본론으로 들어가 볼까요?"

우웅!

툭,

공기가 가볍게 떨리며 유라의 목소리가 총 구 인이 몰려 있는 장소를 울렸다. 그건 미지의 힘을 담고 있어 사람들의 이목을 그대로 자신에게 끌어들이는 효과를 발휘했다.

"본론 말인가?"

"그래요."

리오 공작이 되묻자 유라가 고개를 살짝 끄덕이며 대답했다. 그리고 유라가 본론을 얘기하기 전, 루가 먼저 나섰다.

"잠깐, 그전에……. 말이 짧군요."

"……."

"나이 대우받고 싶으신 겁니까?"

"허, 허허!"

루의 말에 리오 공작이 기가 막힌다는 듯이 웃었다. 얼굴엔 어처구니가 없다는 감정이 그대로 떠올라 있었다.

하지만 루는 그런 것에 아랑곳하지 않았다.

피식.

"그럴 생각은 버리는 게 좋을 텐데……."

살짝 조롱 섞인 루의 말에 바젠틴에서 나온 리오 공작을 포함한 전부가 얼굴을 굳혔다. 그들도 루의 말에 섞인 감정을 느낀 것이다.

"건방지구나."

"음?"

루는 건방지다 말한 중년의 남자를 바라봤다.

아까 리오 공작이 근위기사단장이라 소개한 빌란 후작이었다.

"무력이 정점에 올랐다고 연장자에 대한 예의가 없구나."

"예의라……."

루는 그렇게 말했다 잠시 끊었다.

그리고 차갑게 가라앉은 눈으로 빌란 후작을 바라보며 다시 입을 열었다.

"그럼 적국의 사령관이 나이가 어리다고 반말을 지껄이는 것도 예의인가?"

"당연한 것 아닌가. 지위도, 나이도 공작님이 더 많지 않은가?"

"웃기는 논리군. 후후."

루는 빌란 후작의 말에 가늘게 웃었다.

사실 빌란 후작의 말은 참 어이없는 말이다. 하지만 이 상황에서는 그런 걸 따질 이유가 없었다.

어차피 기선을 제압하기 위해 서로 억지를 부릴 게 분명했다.

루는 당연한 걸 짚었지만 빌란 후작은 말도 안 되는 억지 논리로 나섰다. 그러나 전쟁 중이라는 특수성을 감안한다면 저건 일부러 그러고 있다는 판단이 선다.

논리?

그런 건 필요없었다.

말장난?

그래도 상관없었다.

인사는 인사지만 어차피 서로 수장끼리 만난 사이다. 그것도 언제 치고받을지 모르는 적이라는 사이로.

앞으로의 전쟁, 잘 부탁드립니다.

아, 네. 살살 부탁드립니다.

이러려고 인사를 하러 나온 건 당연히 아니라는 소리다.

그건 바보가 아닌 이상 여기 있는 전부가 알고 있었다. 그러니 말도 되지 않는 걸로 우기는 것이다.

그렇게 해서 상대가 흥분하기를 바라면서.

이렇게 인사를 하는 자리에서 검을 빼 드는 건 대륙 역사상 어디에서도 없었기 때문에 이렇게 할 수 있는 것이었다.

“나이가 많다. 지위가 높다. 그러니 우리는 존대를 해야 하고, 너희는 반말을 한다? 큭! 뭔가 잘못 알고 있군.”

루가 피식 웃으면서 검집을 손가락으로 툭툭 쳤다.

고민하고 있는 것이다.

목을 칠지, 말지를.

“루 진정해.”

“아아, 알았어.”

유라의 말에 루는 검집을 톡톡 치던 손을 내렸다.

하지만 이것도 어느 정도 짜인 것에 가깝다.

루는 일부러 그랬다.

그리고 유라가 말리기를 원했다.

상황을 자신들 쪽으로 끌고 오려고 한 계산적인 행동이었다.

“이제 보니 말 잘 듣는 개였군.”

그때 빌란 후작의 말이 툭 내뱉어졌다.

화르륵!

고요하던 유라의 얼굴엔 잔경련이 일어난 건 그 말이 뱉어진 직후였다. 그는 하지 말아야 할 말을 해버리고 만 것이다.

“말조심하세요.”

“……”

“……”

유라가 그 말을 한 직후 반응은 더 나타났다.

란스, 미오가 눈에 불을 켠 것이다. 사 남매는 참 특이한 게, 자신이 욕을 먹으면 참아도, 다른 남매가 욕을 먹는 건 못 견뎌했다.

거기다가 지금 빌란 후작은 루에게 집에서 기르는 개라는 표현을 했다.

그걸 듣고 가만히 있을 유라, 란스, 미오가 아니었다.

하나 그렇다고 바로 손을 쓸 수도 없었다.

만약 셋 중 누구 하나가 마음먹고 검을 뿌린다면 빌란 후작은 아마 피를 토하며 나가떨어질 것이다.

"개라……. 재미있는 표현이군. 설마 당신들한테 그런 말을 줄이야. 후후."

루는 누나와 동생들이 분개했음에도 차분함을 유지했다. 아니, 오히려 비웃음을 매단 채 빌란 후작을 조롱했다.

"무슨 소리냐."

빌란 후작이 루의 조롱에 눈살을 찌푸리며 되묻자 루는 아무것도 아니라는 제스처를 취하며 다시 말했다.

"당신들만큼 말 잘 듣는 개가 또 어디 있지? 그야말로 충견 아닌가, 당신들의 존재는. 안 그래?"

"……."

루의 말에 빌란 후작은 눈을 가늘게 뜨며 루를 노려봤다. 자신의 도발에 넘어가지 않고 오히려 역으로 쏘아 대자 화가 난 것이다.

하지만 그도 움직이지는 않았다.

그저 화가 난 얼굴로 루를 쏘아보기만 했다. 그리고 그런 빌란 후작을 보며 루가 다시 한 번 입을 열었다.

"그리고 주제 파악을 해. 당신 따위가 나에게 도발이라니……. 솔직히 말해 나는 당신이 이곳에 있는 것조차도 기분이 나빠. 내세울 게 뭐가 있지? 그저 검을 수련했다는 것, 바젠틴 왕국의 근위기사단장이라는 직위만 믿고 나온 건가? 사실 우리가 기사도를 따지지만 않았어도 당신은 이미 죽었어."

"이놈……."

"낄 데 끼란 소리다."

루는 완벽히 빌란 후작을 무시했다.

처음에는 그럴 생각이 없었으나 그가 나서는 걸 보며 마음이 바뀌었다. 도발? 받아준다. 그리고 본인도 도발하기로.

"참으십시오, 빌란 후작님."

"……."

얼굴을 일그러뜨린 빌란 후작을 가장 끝줄에 있던 젊은 남자가 말렸다. 안토니였다. 루는 안토니를 슬쩍 봤다.

"당신이로군."

"음?"

루가 보자 안토니는 루의 말에 반응했다.

"당신이 피치에 마을에 중앙 기사단을 보낸 자로군. 맞나?"

"……."

"침묵이라……. 긍정이라 생각해도 되겠지. 후후."

루의 웃음이 더욱 불길함을 띄기 시작했다.

화가 난 것이다.

그리고 안토니는 루의 웃음을 보자마자 솜털이 바짝 서는 느낌을 받았다. 그건 리오 공작이 발산하던 기세와는 또 달랐다.

리오 공작이 기세가 짓누르는, 그런 느낌이라면 루의 기세는 찢겨나가는 느낌이었다. 갈가리, 육체 한 조각 한 조각씩.

"도망칠 생각은 마라. 지옥 끝까지 쫓아가서라도 반드시 죽여줄 테니까."

루는 안토니에게 시선을 고정시키고 입가에 미소를 지은 채 말했다.

그건 안토니에게 보내는 경고였고, 자신에게 스스로 하는 다짐이었다.

뭐, 실질적인 명령이야 리오 공작을 통해 나온 거지만, 안토니도 죄가 없는 건 아니었다.

아니, 어쩌면 안토니도 리오 공작 못지않은 쓰레기였다.

하긴, 그럴 만도 했다.

리오 공작의 부관으로 있으면서 안토니가 해친 목숨도 상상을 초월한다.

리오 공작이 명령을 내릴 때도 있고, 안토니가 리오 공작의 눈에 들기 위해 벌인 짓도 있었다.

물론 그건 공식적으로가 아닌, 비공식적으로 중앙 기사단을 통해 벌인 일이었다. 그렇게 죽은 죄없는 사람이 가볍게 세 자릿수를 넘어갔다.

루는 그걸 두억시니의 힘으로 인해 아주 잘 느끼고 있었다.

코끝이 썩어 들어가는 느낌.

지독한 악취.

하지만 실질적으로는 후각을 통해서가 아닌, 뇌로 인식되는 그 더러운 냄새를 루는 정확히 받아들였다.

두억시니는 거짓말을 하지 않는 걸 루는 안다.

두억시니란 존재가 '악', 죽어야 할 '행동', 그 존재에 거슬리는 모든 '것'들을 판명해 보내오고, 그걸 루는 아주 착실히 믿었다.

그리고 그걸 믿는다는 건 어느 '대상'을 죽인다는 걸 의미했다.

그게 루가 가진 운명이고, 기사도 그 자체였다.

"더 이상 대화가 필요한가? 인사는 이쯤이면 된 것 같은데."

루가 리오 공작을, 그리고 유라를 바라보며 말하자 유라도 고개를 끄덕였다. 나눌 얘기가 뭐가 있겠는가.

그저, 정말 그저 얼굴만 보기 위해서였다.

물론 보편적으로 대륙 역사를 뒤져 봐도 전쟁 직전, 이런 인사를 하는 경우는 드물었다. 적이 어떤 비겁한 수를 쓸지 모르기 때문이다.

하나 그럼에도 유라는 보기를 원했다.

보일 수 있는 패가 있기 때문이다.

"당신은… 목 씻고 기다려."

"건방진 놈, 네 상대는 내가 아니다."

"뭐?"

루의 말에 리오 공작이 굳은 얼굴로 그렇게 대답하고는 유라를 바라봤다. 마치 자신의 상대는 유라라는 것처럼.

그걸 본 유라는 어처구니없다는 듯이 웃었다.

근데 웃긴 건… 유라도 웃었다.

그 감은 눈으로 가소롭다는 표정을 지으며.

"당신이 제 상대가 된다고 생각하세요?"

"물론이다, 기사왕. 당신의 상대는 나다. 그리고 그걸 나는 여태껏 기다려왔다."

"아니요. 당신은 제 상대가 아니에요. 그럴 자격이 없어요."

"…네 상대는 나다. 기사왕."

유라의 말에 리오 공작은 얼굴을 잔뜩 굳혔다. 그리고 강조했다. 당신의 상대는 나라고. 사실 얼마나 기다려왔던가.

유라와의 대면을.

흥미를 느끼면서 유라와의 대결을 꿈꿔온 리오 공작이다.

자존심에 금이 간 것도 이번 전쟁의 원인이지만, 유라와의 대결도 이번 전쟁이 벌어진 원인 중의 하나였다.

물론, 안토니 빼고 다른 사람은 이 같은 일을 잘 몰랐다.

하지만 유라는 리오 공작을 상대할 마음이 없었다.

이미 루가 자신에게 리오 공작은 자신이 상대하겠다는 의사를 밝혔기 때문이다. 그리고 그걸 유라는 허락했다.

그래서 유라는 리오 공작과 어울려줄 생각이 없었다.

"아니요. 당신의 상대는 제가 아니에요. 아, 만약 상대하고 싶다면……."

유라는 그렇게 말하고…….

창을 들었다.

"받아보세요."

화르륵!

그 말이 끝난 직후 유라의 창에 불길이 휩싸였다.

스르릉… 챙!

동시에 리오 공작이 바로 검을 빼 들었다.

유라의 언월도에서 느껴지는 기운을 읽은 것이다.

리오 공작의 검이 검집을 빠져나와 손에 잡히는 그 순간 유라의 언월도가 위에서 아래로 가볍게 그어졌다.

하나 그 결과는 그리 가볍지 않았다.

공간을 격하고 상대를 제압한다는 일격이 리오 공작을 향해 직선으로 날았다. 그 일격은 붉은색 화염을 토해내며 넘실거렸고, 모양은 반월을 그리고 있었다.

쾅……!

"크윽!"

리오 공작은 그 일격을 검에 기운을 잔뜩 주입한 다음 막았고, 그대로 뒤로 날아가 바닥을 굴렀다.

"공작님!"

"아버지!"

순간 놀라 리온 대공자와 안토니가 급히 말에서 내려 저 멀리까지 굴러간 리오 공작에게 달려갔고.

"이놈!"

"이게 무슨 짓인가!"

빌란 후작과 듀빌란 후작은 바로 검을 빼 들면서 노성을 터뜨렸다.

하나 사 남매는 그 자리서 움직이지 않았다.

마치 움직일 필요조차 없다는 듯이.

"공작님 괜찮으십니까!"

"아버지!"

저 멀리서 두 사람이 비틀거리며 일어나는 리오 공작을 부축했다. 그리고 고개를 들어 보이는 그의 모습은 처참했다.

머리카락은 물론 갑옷 곳곳이 그을렸고, 입가에서는 가느다란 실 같은 핏줄기가 흘렀다. 분명 그 한 번의 일격에 속이 진탕된 게 분명했다.

"크으……."

옅은 신음까지 흘렸다.

하나 두 눈은 분노에 사로잡혀 이글이글 불타고 있었다.

치욕.

굴욕.

그 두 가지 감정이 리오 공작을 사로잡은 것이다.

하지만 그 모습을 유라는 무감각하게 바라봤다.

그리고 잠시 후 말머리를 돌리면서 조용히 입을 열었다.

"자격을 갖추고 오세요."

그 말은 자격을 논했고.

"……!"

리오 공작의 두 눈은 찢어질 듯 커졌다가, 곧바로 일그러져 버렸다.

유라를 필두로 사 남매는 천천히 다시 진지로 돌아갔다.

그들이 사라진 평야에, 리오 공작의 분노에 가득 찬 고함이 울려 퍼진 건 당연히 말할 필요도 없었다.

또한 이 모든 것을.

대치 중에 있는 양국의 병사들, 지휘부가 전부 보았다. 그리고 그들이 지켜봄으로써 인사는 아주 성공적으로 끝나게 됐다.

Chapter
67
격돌 (1)

며칠이 지났다.

각국의 수뇌부끼리 인사 아닌 인사를 하고 며칠이 지난 지금 전장에는 눈이 내리고 있었다. 하지만 눈 말고 비도 내렸다.

체르니 왕국에서야 흔하지만 바젠틴 왕국에서는 조금 생소한 진눈깨비였다.

"엉망이군."

"그러게……."

루가 엉망이 된 전장을 바라보며 중얼거리자 옆에 있던 앤드류가 조용히 고개를 끄덕이며 수긍했다.

아닌 게 아니라 정말 바닥은 엉망이었다.

진눈깨비라 진흙탕이 되어버린 것이다.

"이 상태로는 기병이 돌격도 못하겠어."

루가 짜증 가득한 얼굴로 중얼거렸다.

그날 이후.

루는 점점 예민해져 갔다.

리오 공작을 대면한 다음 날부터 말이다.

두억시니가 기다리기 지쳤는지 계속 루의 정신 속에서 날뛰기 시작했다. 그러면서 그걸 통제하는 루도 점차 지쳐 갔고, 지치기 시작하자 드디어 예민해지기 시작한 것이다.

"기상예보관의 말에 의하면 못해도 이삼일은 더 기다려야 눈비가 그칠 거라는군."

"이삼일이라……."

루는 앤드류의 말에 역시 인상을 찌푸렸다.

길다.

너무 길다.

지금 마음 같아선 혼자 적국의 중심부로 뛰어들어 리오 공작과 안토니란 자의 목을 쳐 버리고 싶었다.

그게 지금 루의 심정이었다.

하지만 그랬다간 좋은 꼴을 못 보니 참고 있는 것이다.

참으면 언제고 자리는 만들어질 게 분명했다.

그때를 위해 참는 루였다.

물론, 그 참는 것도 힘들긴 했다.

"작전은?"

"끝났지. 세부 교정도 전부."

"좋아……."

루는 그 말에 찌푸려진 얼굴을 폈다.

요 며칠, 루는 작전회의에 전혀 참가하지 않았다. 오직 자신의 군막 안에 틀어박혀 두억시니를 억제하는 태을청명을 돌리기만 했다.

그래서 어떻게 돌아가는지 거의 몰랐다.

"개요는?"

"별거 없어."

"별거 없다? 그냥 부딪치는 건가?"

"응."

루의 물음에 앤드류는 고개를 끄덕이며 대답했다. 그리고 그 대답에 루는 앤드류를 의아함이 섞인 시선으로 바라봤다.

앤드류도 그 시선을 느꼈는지 피식 웃으면서 루를 바라봤다. 그리고 물었다.

"왜 그런 눈으로 봐?"

"아니, 의아해서. 힘 대결이라니까."

"여러 가지 논의가 있었어. 그리고 그중에 결정 난 게 그거야. 힘으로 부딪치는 거. 물론, 그 안에 여러 가지 전략이 있긴 하지. 병력운용이나 마도 무구 운용 등등. 하지만 전체적으로 본다면 그냥 힘으로 때려 박는 거야."

“음……. 그거 마음에 드네.”

루는 웃었다.

마음에 드는 작전이었다.

복잡한 작전이면 자신도 해야 할 일이 많아질 터였다.

그러나 이렇게 정면 승부라면… 자신이 할 일은 그다지 없을 것이다.

하지만 루는 그래도 물어봤다.

“좋아, 그럼 내 역할은?”

“후후.”

루의 물음에 앤드류는 의미심장하게 웃은 다음 말했다.

“간단해. 시작 그리고 화려한 피날레.”

“음?”

“시작은 루 네가 움직이면서 시작할 거야. 물론 마지막도……. 내가 리오 공작의 목을 치면 피날레가 되겠지. 최고사령관을 죽이는 순간 정면 승부는 끝이야. 그다음은 일방적인 학살만이 남겠지.”

“…….”

루는 앤드류의 말을 다시 천천히 곱씹어봤다.

일단 시작.

그건 아마 자신의 흉성을 고스란히 보여 달라는 게 분명했다. 그리고 그 흉성으로 적의 사기를 미친 듯이 깎아내린다.

그게 루가 처음을 시작하는 이유다.

그리고 피날레.

정면승부일 때 아주 확실하게 승기를 잡는 방법이 있다.

그건 당연히 적군의 사령관을 잡는 방법이었다. 그리고 그 역할을 할 사람은 당연히 루로 내정됐다.

루 본인이 원했기 때문이다.

리오 공작이 초인이지만 루 또한 초인이다.

거기다가 한 번 둘의 대결은 있었고, 루는 그 대결에서 조금이지만 우세를 잡았었다. 그 역할을 맡기에 정말 부족함이 없었다.

"멋진 작전이군."

"그렇지? 우리가 정한 작전은 이거야. 적도 분명히 이것저것 생각하고, 군을 움직이려 할 거야. 그럼 우린… 그걸 압도적인 화력으로 부순다."

"고대 마력포와 누나, 나, 란스, 미오. 이렇게 넷이라면… 가능하겠지."

"응, 애초에 그걸 염두에 두고 벌인 작전이니까."

루의 말에 수긍하는 앤드류.

이 작전을 사실 처음 꺼낸 사람은 앤드류가 아니었다. 그렇다고 란스도 아니었다. 이 과감한 작전은 그럼 누구의 머릿속에서 나왔을까?

이레인이었다.

그녀가 이 작전도 뭣도 아닌 작전을 처음 꺼냈다.

심플하기 그지없어서 처음엔 인상을 찌푸렸으나 이레인의 계속되는 말을 들어보니 앤드류도, 란스도 수긍할 수밖에 없었다.

병력의 수는 확실히 적었다.

하지만 그 병력의 수를 감당하다 못해 남을 정도의 화력이 체르니군에 있었다.

사공이 많아 산으로 가던 배가 그렇게 다시 바다로, 혹은 강으로 되돌아갔다.

그 후는 일사천리였다.

고대 마력포를 전진 배치하고, 점차 밀고 들어간다.

루의 흥성과 동시에.

루가 날뛰기 시작하면 적군 곳곳에 마력탄을 때려 박는다.

마력포의 개수는 약 130문.

그동안 꾸준히 충원된 탓이다.

'그리고… 비밀병기도 있으니까.'

루는 수뇌부 몇몇만 알고 있는 비밀병기를 떠올렸다. 그건 더스틴이 보내온 걸작이었다.

아니, 어쩌면 괴물이라는 설명이 더욱 어울릴지도 몰랐다.

그건 아마… 전장의 승기를 단박에 뒤집을 수 있을 것이다.

'들어가는 보석만 스무 개……'

그랬다.

그 마력포에 들어가는 보석만… 무려 스무 개였다.

괴물이 맞았다.

루는 기대가 됐다.

이 진눈깨비가 그치고…….

전장의 분위기가 무르익을 그때를.

*   *   *

시간이 됐다.

며칠간 내리던 진눈깨비가 그치고, 다시 며칠이 더 지난 어느 날.

양국이 대치하고 있는 평야의 가운데 백색 갑주를 입고, 두 개의 뿔이 난 기형투구를 쓴 기사 한 명이 서 있었다.

아니, 천천히 걷고 있었다.

명왕기사라 불리며 바젠틴군에게는 두려움의 대상인 남자.

루였다.

스르릉.

스릉!

짧고, 간결한 소음을 내며 루의 양손에 샴쉬르가 잡혔다. 그 검은 예전의 검처럼 백색이 아닌, 거무튀튀한 흑색을 띠고 있었다.

더스틴이 트롤의 몽둥이를 녹여 심혈을 기울인 오직 명왕기사만의 쌍검이었다.

처걱, 처걱.

풀 플레이트 메일의 연결 부분에서 조금씩 부딪치는 쇳소리가 고요한 평야를 울렸다. 그렇게 걸어 두 왕국 사이에서 바젠틴군에 더 가깝게 이동한 루.

"……."

루는 그렇게 서서 말없이 적군을 응시했다.

현재의 거리에서는 당연히 적군이 어떤 얼굴을 하고 있는지 알 길이 없었다.

하나 분명히 의문, 혹은 불안해하고 있을 것이다.

왜?

왜 혼자 나왔을까?

의도는?

일기토?

하는 의문들이 들 것이다.

그런 의문을 받고 있는 루는 그 자리서 꼼짝도 안 했다. 그냥 양손에 든 샴쉬르를 늘어뜨린 채, 눈을 감고 그냥 가만히 있었다.

마치 누군가를 기다리고 있는 것 같은 모습.

이 전장에 있는 지휘관 중 최소 십여 명은 알고 있었다.

루가 누구를 기다리고 있는 건지.

하지만 그 누군가는 십 분, 이십 분이 지났음에도 모습을 나타내지 않았다.

"나오지 않으시겠다……."

루는 눈을 뜨며 그렇게 중얼거렸다.

그래도 혹시나 했다.

자신과 다시 검을 마주쳐주기를.

그러나 여지없이 리오 라이언 공작은 나오지를 않았다.

피식.

루의 입가에 가는 웃음이 매달렸다.

"그렇다면… 나오게 해주지."

푹!

루는 왼손에 샴쉬르를 바닥에 꽂고, 목에 걸려 있던 줄을 잡아 뜯었다. 그러고는 둥근 원형의 물건을 손안에 쥐고 힘을 줬다.

파앙!

공기가 찢어지는 날카로운 소리가 전장 가득 울려 퍼졌다. 그리고 그와 동시에 체르니군의 진군이 시작됐다.

뿌우!

뿌……!

슉.

루는 그 소리를 듣자마자 다시 바닥에 박힌 샴쉬르를 회수했다.

그리곤 천천히, 아주 천천히 바젠틴군을 향해 걸어가기 시작했다.

"언제까지 숨어 있을 수 있을까?"

루는 알고 있었다.

며칠 전 유라의 공간제압격에 얻어맞고 날아가 바닥을 구른 리오 공작. 아니, 정확히는 공간제압격을 쳐내고 날아갔지만 아마 상당한 타격을 입었을 것이다.

그래서 어쩌면 안 나오는 것일 수도 있었다.

하지만 상관없었다.

안 나온다면…….

"끄집어내면 되니까."

루의 입가에 미소가 걸렸다.

그리고 그 미소는 번쩍이며 진홍으로 물들어가는 눈동자와 비례해 굉장히 불길한 기운을 띠기 시작했다.

—크아아아아아!

동시에 내면의 무언가가 잠에서 깨어나 거칠게 울부짖은 후.

—죽인다!
—죽여!

그 가진 바 흉성을 있는 그대로 루를 통해, 전장에서 발산하기 시작했다.

명왕이 또다시 현신하는 순간이었다.

Chapter
68
격돌 (2)

우와와아!

거대한 함성이 평야를 가득 울리기 시작했다. 그건 체르니 군이 돌격하면서 내지른 함성이었다.

두드드드드!

시작은 당연하게도 기병이었다.

체르니군의 기병은 이미 정예라고 말해도 부족함이 없었다. 이유는 그 기병 전부가 바이칼 요새의 병사들로 구성되어 있었기 때문이다.

이미 예전부터 기병전을 치른 경험이 많은 바이칼 요새의 병사들은 얼마 전 있었던 전쟁으로 인해 더욱 정예병이 되어 있었다.

그리고 그 전쟁을 승리로 이끌면서 더욱 자신감에 차 있었다. 그 때문인지 체르니 기병들의 돌격은 정말 무시무시한 위압감을 내포하고 있었다.

약 일만에 가까운 체르니 기병이 함성과 함께 평야를 내달리는 모습은 그야말로 장관에 가까웠다.

하지만 그건 잠깐.

어느새 평야 중앙에 있던 루를 지나쳐 달리는 기병들은 이젠 공포가 되어 버렸다. 그리고 그 공포가 가속화되는 이유는 또 다른 게 있었다.

바로 그 기병들의 선두에 서서 돌격하고 있는 기사.

거대한 뿔이 세 개가 난 투구를 쓰고, 웬만한 기사들도 사용하지 못할 것 같은 크기를 자랑하는 플랑베르쥬를 한 손으로 잡고 달리는 기사 때문이었다.

란스였다.

이미 공포의 대명사 중 하나인 란스였다.

가진바 그 힘을 감당할 사람이 없다고들 했다.

쩌드득!

란스의 일격이 단단하게 세워둔 목책을 그대로 부숴 버렸다. 그 직후는 당연히 돌입이었다.

"막아라!"

"대열을 정리해!"

"기병은 돌격만 막으면 아무것도 아니다! 겁먹지들 마라!"

병사들을 지휘하는 간부들이 이를 악물고 외쳤다. 간부들이 외친 그 말은 참 정답이었다. 전부 맞는 말이란 소리다.

막으라는 당연한 말.

대열을 정리하라는 것도 당연한 말.

그리고 기병은 돌격만 막으면 아무것도 아니라는 것도 맞는 말이었다. 누누이 설명한 적이 있었다.

기병은 돌격만 막으면 보병들의 아주 맛난 먹이라고.

그건 대륙 전쟁사에도 아주 많이 나오는 일이었다.

특히 아주 옛날에 알스테르담의 중장보병이 적군의 기병돌격을 막은 다음 포위해 전멸로 이끌었던 일화는 아직도 유명했다.

하지만 그건 알스테르담 중장보병의 경우였다.

엄청난 훈련을 통해 만들어진 정예 중에 정예가 바로 마도제국의 중장보병이었다. 바젠틴의 보병은 그 정도는 아니었다.

병사 개개인의 기량을 따진다면 중장 보병의 반은 조금 될까?

그러니 나오는 결과는 참혹했다.

쫘직!

푸확!

시작은 당연히 란스였다.

그가 손에 쥔 거대한 불꽃이 무자비를 담고 적을 향해 사정
없이 휘둘러졌다. 최초의 그 일격은 검면으로 휘둘러진 타격
이었다.

바람의 저항도 많이 받는 그 일격은 병사 몇몇을 마치 포탄
처럼 팅겨내 버렸다. 물론, 멀쩡하진 못했다.

옆구리에 틀어박힌 그 일격이 병사의 복부를 아주 짓이겨
버렸다. 그리고 그 또한 당연한 결과였다.

대력이 담긴 일격.

말 그대로 거대한 힘이 담긴 일격이다.

란스가 하는 모든 전투적 기술, 행위에 대력이 담겨 있었다.
기사의 돌격을 막아!"

그 최초의 일격이

"막아! 저 터진 후 바젠틴군의 보병들을 지휘하는 총사령관
인 레트니 후작이 미친 듯이 외쳤다.

레트니 후작의 외침은 시기적절했고, 상황을 제대로 꿰어
보고 있는 자만이 내지를 수 있는 일갈이었다.

왜?

체르니 기병이 아무리 정예라 하더라도 그 힘이 온전히 발
휘될 수 있는 이유는 다름 아닌 사 남매가 있기 때문이었다.

사 남매는 체르니군의 정신적인 지주였다.

사기라는 것을 떠받치는 네 개의 기둥이라는 소리다.

레트니 후작의 말처럼 란스만 잡을 수 있다면 체르니 기병

의 사기를 꺾는 것도 결코 어렵지 않았다.

사기가 꺾이면 기병의 돌격은 멈추고, 체르니 기병은 아주 맛좋은 먹이로 전락할 것이다. 하지만 그게 당연히 쉬울 리가 없었다.

일단 첫 번째.

기병의 돌격은 빨랐다.

어떤 수를 쓰기도 전에 체르니 기병은 미친 듯이 바젠틴의 보병 진형을 꿰뚫고 지나고 가고 있었다.

"크악!"

"사, 살려줘! 아악!"

비명이 난무했다.

살려달라고 아우성을 치는 자가 늘어나지만 날카롭고, 자비가 없는 기병의 창이 바젠틴 보병들의 몸을 꼬치 꿰듯 뚫으면서 지나갔다.

두드드드드!

지축을 울리는 말발굽 소리도 전혀 죽지 않았다.

그건 그만큼 기병의 돌파 속도가 빠르다는 소리.

그냥 힘으로 꿰뚫는 기병의 돌파.

그 돌파가 바젠틴군의 보병을 작살내기 시작했다.

하지만 바젠틴군도 가만있지 않았다.

두드드드드!

체르니 기병이 꿰뚫고 들어가고 있는 보병의 정반대편의 대열이 열리더니 찬란한 금발을 투구 사이로 휘날리는 젊은 기사를 시작으로 기사단, 기병대의 돌격이 시작됐다.

그 수는 대략 삼만.

결코 적지 않은 숫자였다.

"음, 저렇게 나오는군."

루는 저 멀리 달려 나가는 바젠틴의 기병을 보면서 중얼거렸다. 체르니의 책사라고 할 수 있는 삼 인이 예견한 것에서 빗나가지 않았기 때문이다.

힘 대결이라고 무조건 정예끼리 치고받진 않는다.

그 반대의 상황도 얼마든지 있었다.

그게 바로 지금처럼, 아군의 주력으로 적군의 약한 부분을 타격하는 것이다. 즉, 누가 더 많은 피해를 내는지 힘으로 대결하는 것이다.

앤드류는 이렇게 말했었다.

자신이라면… 힘 대결을 하더라도 기병 대 기병끼리 부딪치지 않고 차라리 아군이 당하더라도 적의 약세를 치겠다고.

그건 아군의 병력이 우세할 때 쓸 수 있는 힘 대결 전략 중 하나라고.

상황을 따져 보면 앤드류의 말이 딱 맞았다.

누가 봐도 힘 대결로 끌고 가려 하는 전쟁이었고, 아군의 병력이 많다면 차라리 승부를 장담할 수 없는 대결은 피하고, 적의 약한 곳을 공격하는 건 아주 정석적인 행동이었다.

"앤드류, 멋진데?"

루는 속보로 전진하고 있는 아군의 왼쪽 끝 대열 쪽으로 파고드는 적의 기병 부대를 보면서 중얼거렸다.

거리는 점점 가까워지고 있었고, 조금 있으면 곧 격돌할 것 같았다. 하지만 루의 얼굴엔 한 점의 긴장, 초조한 모습을 찾아볼 수 없었다.

쾅!

콰광!

이유는 곧 밝혀졌다.

고대 마력포였다.

보병과 같이 진군한 백인결사와 총기사들이 고대 마력포를 적의 돌격 방향으로 포구를 돌린 다음 그대로 쏘아 버린 것이다.

순식간에 하늘이 붉고, 파랗고, 하얀 구체들로 가득 찼다.

그리고 그 구체들은 적의 선두가 아닌, 적의 선두가 조금 지난 곳에 무자비하게 떨어져 내렸다.

화르륵!

히히힝!

불꽃이 화마로 변해 터지면서 순식간에 주변을 잡아먹었다. 그리고 그 화마는 달리던 기마가 가진 원초적인 공포를 이끌어냈다.

말이 공포 때문에 급제동을 걸자 그 위에 타고 있던 병사들이 허공을 날아 바닥으로 떨어져 버렸다.

"으아악!"

으득!

우지끈!

그 후 지나가는 말발굽의 향연이 병사들의 육신을 갈가리 찢고, 부숴 버렸다. 그리고 그건 곧 혼란이란 것을 끄집어냈다.

아주 빠르고, 완벽하게.

루의 기운이 담긴 하얀색 구체는 터지면서 거대한 풍압을 일으켰다. 상식적으로 결코 이뤄질 수 없는 효과지만 마도 시대의 유물은 있을 수 없는 일을 아주 제대로 이 전쟁터에 구현시켜버렸다.

"크악!"

"컥!"

날카로운 바람은 터진 직후 주변으로 바로 터져 나갔다. 그리고 그 주변으로 달려오던 기병대를 휩쓸어 버렸다.

미오의 기운이 담긴 마력탄도 마찬가지로 혼란을 유발시켰다.

안 그래도 질척거리는 바닥을 얼려 버리는 건 당연한 일이었고, 주변의 공기를 아주 빠른 속도로 얼려서 순식간에 그 공간을 혹한의 대지로 만들어 버렸다.

이러한 일을 만들어내는 마력탄이 거의 100여 개가 비상한

다음 돌격하는 바젠틴 기병의 선두 대열 뒤에 터졌다.

그런 광경을 모두 지켜보던 루는 웃었다.

적 기병대의 돌격은 멈췄다.

일말의 걱정조차 사라진 모습.

우웅!

동시에 루의 묵색 샴쉬르가 진동하기 시작했다.

슥.

그리고 자신의 뒤, 백 보 정도 안에 도착한 아군의 보병을 확인한 루가 다시 시선을 돌려 전방을 향했다.

"그럼 시작해 볼까?"

누가 뭐래도 시작이 가장 화려해야 하는 건 자신이었다.

루는 그걸 잊지 않았다.

Chapter
69
난전(亂戰)

"죽여!"

"모조리 죽여 버려!"

결국 아무런 전초전도 없이 전면전이 벌어졌다. 그리고 벌어진 전면전은 바로 난전으로 이끌려 갔다.

양국의 병사들은 악을 쓰면서 적을 공격했다.

내 손에 검이 적의 숨통을 끊지 않으면 반대로 내가 죽는 곳. 그곳이 바로 세상에서 가장 무서운 곳인 이곳, 전쟁터다.

푸각!

까드득!

피가 튀고, 뼈가 갈리는 소리가 자장가 소리처럼 전장을 울렸다. 그 소리는 마치 시장에서 들을 수 있는 호객행위처럼 너무나 자연스러웠다.

그래서 호객행위에 귀가 솔깃하는 것처럼, 양국의 병사들은 그 사람을 죽이는 그 적나라한 소리에 귀가 솔깃했다.

저건 많이 싼데? 내가 사야지! 하는 것처럼.

안 죽이면 죽어? 그럼 죽여야지! 하는 것처럼 변했다.

이성을 잃고, 오직 생존 본능에 따라 움직이는 자들이 늘어나면서 그 광경은 인상을 찌푸리게 만들 만큼 어둡고, 파괴적이었다.

반대로 광기에 잡아먹히는 병사들이 늘어갔다.

이미 소규모든, 대규모든 전쟁을 해본 적이 있는 병사들은 사람을 죽일 때의 그 짜릿함을 맛보았다. 손끝을 타고 뇌로 전달되는 그 마지막 마약보다 더 지독한 쾌락을 느끼려 가장 가까운 곳에 있는 '적'을 향해 검을, 방패를 휘둘렀다.

찌르고,

베고.

그 모든 동작을 마치 여자를 안는 표정으로, 마약을 한 표정을 짓고 전투를 하는 병사들도 늘고 있었다.

반대로 언제 적의 검이 나를 해칠지 모른다는 불안감에 싸우는 병사들도 있었다. 그런 자들은 모두 검을 쥔 손은 물론, 전신을 부들부들 떨면서 아군의 병사들 뒤에 숨어 있었다.

물론, 그런 자들은 독전관들이 그냥 두지 않았다.

"나가라! 숨어 있는 자들은 모두 즉결 처형이다!"

"적을 죽이지 않으면 내가 죽는다! 살고 싶으면 적을 죽여!"

"거기! 죽고 싶나! 숨지 마라! 적을 향해 검을 휘둘러라! 만약 그러지 않으면 내가 직접 너를 죽이겠다!"

독전관들의 외침이 양군에서 계속 울렸다.

병사들에게 독전관이란 공포의 대상이다. 간부 중 유일하게 일반 병사들의 생살여탈권을 가지고 있기 때문이다.

물론 전쟁 중에 발휘되는 권력이지만 그렇기에 더욱 무서웠다.

"으, 으아!"

"아아악! 컥!"

마치 비명과 같은 고함을 지르며 겁에 질렸던 병사들이 달려들었지만 결과는 역시 그다지 좋지는 못했다.

겁에 질린 만큼 몸은 굳었고, 그런 상태로 적을 공격한다고 해봐야 제대로 된 공격을 할 리가 없었기 때문이다.

순식간에 떨어지는 목숨들.

정말 농담이 아니라 일 초당 하나 이상의 목숨이 떨어지고 있었다. 전장이라는 특수성이 빚어낸 결과였다.

그리고 그 결과의 중심엔… 명왕기사 루가 있었다.

스각!

슥!

바람이 휙휙 갈라지면서 두 개의 목이 날았다. 그, 날아가는 목의 눈동자엔 전부 어? 하는 의문만이 남아 있었다.

죽는 그 순간까지도 자신이 어떻게 죽는지 파악하지 못한 것이다.

"으, 으으……!"

"아, 악마……."

루의 주변엔 동그랗게 원이 뚫려 있었다. 그리고 그 중심에 루가 고요한 기색으로 검을 휘두르며 존재했다.

그리고 그 누구도 루의 근처로 접근하지 못했다.

전쟁터 한복판에 뻥 뚫린 원형의 공간.

그것만으로도 루가 지금 얼마나 공포스럽고, 전율적인 모습을 보여줬는지 알 만했다.

"미, 밀지 마!"

"내가 안 밀었었어! 악! 씨발 새끼들아 밀지 말라고!"

전쟁터 한복판에 원형의 킬링 존이 생겨 버리자 정말 웃지 못할 촌극도 벌어졌다. 이리저리 부딪치면서 앞으로 몸이 튕겨 나가자 그 때문에 아군에게 하는 욕설이 속출한 것이다.

피식.

루는 그런 촌극을 보며 웃었다.

그리고 아주 경쾌한 발걸음으로 앞으로 전진했다.

휙!

하지만 빨랐다.

경쾌하지만 너무 빨라…….

병사들의 시야에서 한순간에 사라진 것처럼 보였다.

그리고 그 직후 나타난 곳은 역시 전방에 있던 적의 눈앞이다.

번쩍! 하고 분광이 터질 필요도 없었다.

서격!

스각!

그저 육체의 힘으로 빠르게 휘두르면, 적의 목이 하늘을 날았다.

풀썩!

툭!

신체의 가장 중요한 부위인 머리가 사라진 시체 둘이 다시 바닥으로 떨어지자 병사들은 기겁하며 어떻게든 루에게서 멀어지려고 애썼다.

하지만 그러면 그럴수록 아군의 병사들끼리 부딪치며 오히려 앞으로 밀려나는 상황이 벌어지고 말았다.

"으, 으아악!"

"죽어!"

"쌍! 개자식아 죽어 버려!"

그러면서 용감하지만 미련한 병사들이 앞으로 나서는 경우도 많아졌다.

하지만 말했듯이… 그건 미련한 행동이었다.

묵빛의 불길한 궤적이 허공을 몇 번 수놓자 그 병사들의 행동은 멈춰 버리고 말았다.

목이 떨어지고, 심장이 갈라지고, 팔이 검과 함께 날아가 버렸으니 아주, 지극히 당연한 결과였다.

"으아아악!"

유일하게 죽지 않은, 팔이 날아간 미련한 병사가 하늘이 찢어지라 비명을 내질렀다. 팔이 날아가면서 피가 튀고, 신경 세포가 절단되면서 생긴 고통을 느끼는 중이니 그 비명은 누가 봐도 꾀병이라고 볼 수 없었다.

"우욱!"

"우엑! 우에엑!"

그 잔인한 광경에 일부 비위가 약한 병사들이 구토 증상을 나타내거나 아예 토악질을 하기 시작했다.

너무나 잔인했다.

아무리 비위가 강한 병사들도 속이 울렁거릴 지경이었다. 눈살이 저절로 찌푸려질 정도였단 소리다.

"……"

루도 그 모습에 잠시 눈가에 미미한 경련이 왔다.

알고 있었다.

자신이 지금 얼마나 잔혹한지.

하지만 어쩔 수 없었다.

자신이 여기서 이들의 사기를 있는 대로 깎아내야 했다. 기병의 역할도 중요하지만 보병의 역할도 중요하다.

군을 만들면 기병보다 많은 비율을 차지하는 게 바로 보병이다. 그리고 가장 다양한 작전을 수행할 수 있는 것도 보병이다.

란스의 기병대가 적의 보병부대 한쪽을 쳤지만 보병은 어차피 많았다. 그들을 제압하는 게 루의 임무였다.

앤드류가 루에게 부탁한.

"악마!"

어떤 병사가 루를 보며 발작적으로 외쳤다.

"……."

물론, 그 외침에 루의 시선이 그 병사에게 돌아간 건 당연한 일이었다. 하지만 루의 시선엔 분노가 담겨 있지 않았다.

그의 말을 루가 전적으로 동의하고 있었기 때문이다.

"잘 아는군. 맞아, 나는 악마다."

"이익!"

루의 말에 그 병사가 일순 말문이 막혔는지 그저 억울한 얼굴을 한 채 한껏 얼굴을 굳힌 채 루를 노려봤다.

그런 병사를 보며 루는 지금 이 순간에도 자신이 있는 곳과 조금 떨어진 곳에서 목숨이 초당 몇 개씩 떨어지고 있음에도 불구하고 한가롭게 입을 열었다.

"전쟁터에 나와 있는 자들은 모두가 악마지. 너나 할 것 없이. 안 그래?"

“아니야……!”

조금 어려 보이는 얼굴인 그 병사는 루의 짐작대로라면 이제 겨우 스물이 채 될까 말까 한 나이일 것이다.

그렇기 때문에 감정 컨트롤이 아주 미진했다.

루의 말에 바로바로 반응하고, 대응하는 걸 보면.

하지만 그러거나 말거나 루는 할 말을 계속했다.

“아니기는. 내가 너희를 죽이지 않으면 너희는 저기 있는 체르니군의 병사들을 죽일 거다. 아닌가?”

“…….”

병사는 이번 루의 말엔 대답하지 못했다.

맞는 말이기 때문이다.

루가 없었다면 검은 루가 아닌, 저기 떨어져 난전을 벌이고 있는 체르니 병사들의 육신을 파고들고, 가를 것이다.

왜?

전쟁이기 때문이다.

누군가 자신을 죽이지 않는 이상 여기 있는 모든 병사는 적을 향해 검을 들이미는 게 당연한 일이다.

그걸 짚는 루의 말 때문에 어린 병사는 대답을 못한 것이다.

“어차피 살기 위해서 서로 검을 휘두르는 건데, 당연히 다 악마지. 다만… 내가 좀 특별한 악마일 뿐이다.”

“이익!”

루의 낮게 깔린 말에 어린 병사는 어떤 반박도 하지 못했다.

그저 이를 갈며 분해할 뿐이었다.

스윽.

그런 어린 적군을 보며 루는 검을 들어 올렸다.

"너희보다 강한, 악마 중의 악마가 바로 나일뿐이다. 원망하고 싶거든 이런 나를 원망하지 말고 나를 전면에 나서게 한 너희의 대장 악마를 원망하도록."

우웅…….

루의 검이 또다시 낮게 진동하기 시작했다. 루의 기운이 들어가며 검이 그 기운에 반응해 일으키는 소리였다.

그리고 아주 짧은 시간이 지나고 루의 검을 희미한 뭔가가 감싸기 시작했다.

"너의 기개에 대답하는 의미로."

슥.

그 말이 끝남과 동시에 루가 사라졌다.

그리고 나타난 곳은… 당연히 그 어린 병사의 앞이었다.

번쩍!

서걱!

"어?"

검은 빛이 번쩍였고, 병사의 목은 여지없이 하늘을 날았다.

마치 시간을 잠시 멈춰 두었다가 루의 행동이 재진행하는 것 같은 현상에 루의 주변을 둘러싸고 있던 병사들은 몸을 굳혔다.

"진짜 악마가 되어주마."

루가 자물쇠를 완전히 풀어버렸다.

*　　*　　*

악마.

악마라는 존재는 태고 시대부터 인간과 함께한 모든 불길함을 내포한 존재의 이름이다.

그렇기 때문에 오랜 세월 함께해온 이 악마라는 존재는 당연히 인간에겐 공포의 존재다.

두려움의 대상이다.

화르르르…….

마치 불이 타는 것처럼 루의 일정 반경이 후끈한 열기에 휩싸였다.

"으으……."

"아으, 아으윽……!"

하지만 평범한 열기는 아니었다.

두억시니가 그 존재감을 해방하면서 후폭풍처럼 불어온 열기다.

이성을 잡아먹고.

감성을 살해하는.

요괴 왕의 존재감이다.

절대로 벗어날 수 없는… 신격이 담긴 존재감이었다.

고대 마법 중에 중력을 다루는 마법이 있다.

이제는 그 이름조차 사라져, 그저 있었다고밖에 기록에 남아 있지 않지만 이 마법은 굉장한 대량 살상용 마법이었다.

일정 공간, 혹은 지역에 중력을 과부하시켜 그대로 사물과 물체를 찍어 누른다. 그 결과 그 대상은 압궤, 혹은 압살 당한다.

두억시니가 보여주는 존재감은 그와 비슷했다.

단지 다른 게 있다면… 육체가 아닌, 정신을 찍어 누른다는 점이었다.

두개골을 열어 속에 있는 뇌에서 보내는 명령신호를 강제로 차단하면 아마 이와 비슷한 결과가 나오지 않을까 싶었다.

그리고 결정적인 것은…….

이 두억시니의 존재감 자체가 살기라는 것이었다.

독살적인 기운, 혹은 반드시 대상을 죽이겠다는 살해 의지.

원래는 무형이었어야 하지만 경지에 이른 자만이 유형화시킬 수 있다는 그 살해 의지가 정말이지 결정적으로 바젠틴 병사들의 심령을 옭아매어 버렸다.

그건 치명적이었다.

"으으……."

"크르륵……."

얼굴이 하얗게 질려 버리는 건 예삿일이었고, 마음이 약한 자들은 심장을 부여잡고 그대로 쓰러져 버렸다.

그리고 시간이 좀 더 지났을 땐, 피륙 위로 부여잡은 심장이 멈춰 버렸다.

전장의 공포가 더해져 벌어진 일이지만 그건 그것대로 이미 쇼크였다. 아무리 '초인'이라지만 인간이 뿜어낸 살기에 사람이 죽었다는 것.

그건 정말 쇼크라고 부를 수밖에 없었다.

슥,

스악!

그와 동시에 루의 검이 움직이기 시작했다.

호랑이의 광포한 살기에 노출된 양 떼들? 아니, 양 떼는 최소한 도망이라도 갈 수 있지만… 이들은 그러지 못했다.

뇌 내 신경이 미친 듯이 발작하면서 근육 경련을 마구 일으켰다.

그건?

도망가지 못했다는 뜻이다.

그런 병사들 사이를 루는 걸었다.

샴쉬르를 휘두르며.

한번 슥 그어질 때마다 목이 툭 하고 하나가 떨어졌다.

그건 마치 과실이 잔뜩 매달린 나무에서 다 익은 과실을 따는 것과 비슷해 보였다. 그만큼 쉬워 보였다.

하지만 그 전부가 루의 살기에 잡혀 있는 건 아니었다.

"으아! 으아악!"

"사, 살려줘! 으아악!"

그들은 루에게 덤비는 것 대신, 도망가는 걸 택했다. 빼곡히는 아니지만 밀집되어 있는 그 장소를 그들은 미친 듯이 뛰어서, 혹은 기어서 도망갔다.

그들이 도망간 이유는 딱 하나다.

루가… 이곳에 지옥도를 그리고 있기 때문이었다.

＊　　　＊　　　＊

"빌어먹을……."

요동치는 전장의 상황을 본 안토니는 입술을 질끈 깨물며 낮게 뇌까렸다. 사실 예상하고 있었다.

적의 기사가 정면으로 나오는 걸 보는 순간, 적이 들이닥치리라는 것을.

그래서 그는 머릿속에 생각하고 있던 전술을 적의 기병대의 돌격과 함께 시작시켰다.

그리고 선두의 뒷열부터 박살이 나는 아군 기병대의 모습을 볼 수 있었다.

사실 체르니군의 비밀병기라고 할 수 있는 마력포의 사용은 예상했었다. 그러나 돌격을 안 시킬 수도 없었다.

마력포에 대한 정보를 종합해 본 결과 체르니군의 마력포는 알스테르담 군의 마력포와는 조금 사용 방법이 달라 많이 사용할 수는 없다고 했다.

그렇다면 이번 전쟁의 승기는 그걸 한 번에 사용시키고, 그 피해를 최소화할 수밖에 없다는 결론이 나왔다.

여기서 안토니는 많은 고민을 했다.

보병을 사용해 마력포를 소모할 것인가.

아니면…….

기병을 돌격시켜 마력포를 소모할 것인가.

어느 하나는 분명 피해를 감수해야만 했다.

그리고 그건 곧 그들을 버린다는 뜻과 일맥상통했다.

고민의 결과 안토니가 선택한 건 기병이었다.

막강한 힘을 발휘하는 기병이지만 안토니가 생각하기에 보병만큼은 아니었다.

바젠틴군의 구성상 당연히 기병보다 보병이 많았다.

마력포가 보병 진열에 떨어진다면… 안토니가 생각하기에 전쟁은 졌다고 봐야 했다.

가장 병사수가 많은 병종이니만큼 혼란, 공포가 전염됐을 때 가장 막대한 타격을 입기 때문이다.

그래서 안토니는 기병대를 포기할 수밖에 없었다.

"대공자……."

그런 마음에 안토니는 입을 열어 누군가를 불렀다.

대공자.

리온 대공자였다.

안토니는 기병대를 맡을 사람으로 처음엔 원래 빌란 후작이나 뒤빌란 후작을 생각했었다.

하지만 기병대를 이끈 건 리온 대공자였다.

억지로 맡긴 건 아니었다.

리온 대공자가… 참지 못하고 스스로 원한 것이다.

가장 빠르게 적에게 다가갈 수 있는 병종.

그게 바로 기병이기 때문이었다.

리온 대공자의 결정은 누구도 막지 않았다. 다들 알고 있었으면서도 말이다. 그만큼 기병대의 역할은 위험했다.

휙.

이미 돌격이 멈춰 버린 아군의 기병대를 보다가 안토니는 반대편으로 시선을 돌렸다.

높은 단상 위에 올라가 있어 전장의 상황은 한눈에도 잘 보였다.

"……"

우드득!

꽉 말아 쥔 주먹에서 뼈 어긋나는 소리가 사정없이 들려왔다.

아군의 보병이 적의 기병에게 속수무책으로 당하는 걸 보았기 때문이다. 아군은 실패했는데 적군은 성공하고 있었다.

"젠장……"

안토니는 시선을 후방으로 돌렸다.

돌린 시선에는 바젠틴 근위기사단, 그리고 쉐도우 기사단의 기사들과 그 단장, 검은색 갑주를 차려입고 조용히 말 위에 앉아 있는 리오 공작이 보였다.

때를 기다리고 있는 것이었다.

적의 심장부를 관통할 때를…….

하지만 안토니는 생각했다.

과연, 그때가 올까… 하고.

＊　　＊　　＊

스가앙……!

퍽!

파삭!

공기가 소멸하는 소리와 함께 검은색 궤적이 일자로 길게 늘어지더니 악다구니를 쓰며 달려들던 병사 둘의 신체가 분리되거나 터져 버렸다.

샤라락.

그러나 그런 무시무시한 일을 만들어낸 사람은 아름다웠다.

휘날리는 긴 생머리의 은발 하며, 늘씬한 키 하며… 오밀조밀한 이목구비 하며, 그 모든 게 아름다웠다.

그건 참 현실성이 없어 보였다.

“죽어라!”

“둘러싸! 인해전술로 밀어붙여!”

이리저리 꼬여버려 말에서 내린 기병들이 창을 들고 비현실적인 상황을 만들어내는 여자를 미친 듯이 공격했지만 안타깝게도 그들의 창은 미오의 사정권 안으로 들어서지 못했다.

그저 툭툭 치는 것 같은 행동으로 창대를 전부 베어버리는 무서운 실력.

새벽의 기사, 미오의 신위는 그야말로 눈부셨다.

마력탄으로 인해 기병대는 이미 ‘보병’ 으로 강제로 병종을 바꿔야 했다.

앞 열이 꼬이면서 기마가 멈추자 뒷 열도 당연하게 멈춘 것이다.

그 직후 기회를 놓치지 않고 체르니의 보병들이 멈춰 버린 기병대에게 돌격했다. 처음엔 미친 듯이 밀렸다.

말 위에 그냥 서 있는 기병은 그냥 눈에 보이는 표적에 지나지 않았다. 그러니 당연히 말에서 내릴 수밖에 없었다.

그리고 내리는 순간, 기병은 보병이 되어버린 것이다.

그다음은 당연히 서로 치고받는 난타전이 벌어졌다.

물론, 승기는… 체르니 보병군이 잡고 있었다.

마력탄이 보여준 그 상상하지도 못한 위력 때문에 바젠틴 기병의 최소 삼분지 일이 패닉에 빠져 있는 것도 요인이었다.

하지만 결정적인 승기의 요인은 역시… 체르니 보병과 함께

하는 새벽의 기사, 미오 때문이었다.

가장 선두에 서서 아군에게 전쟁의 여신이 되어주었기 때문에 가능한 일이었다.

초인이 함께한다는, 그것 하나만으로도 체르니 보병의 기세는 하늘을 찌를 듯이 올라간 것이다.

바젠틴 진형에도 리온 대공자라는 걸출한 인물이 상당한 무력을 보여주고 있었지만 이미 격이 달랐다.

그는 인간의 무력을 보여주는 기사.

기사 무력으로 따져서 최상급이라면 분명 어디 왕국을 가더라도 한 자리를 꿰찰 수 있을 것이며, 절대 꿀리지 않을 것이다.

그러나 미오는 그 격이 다르다.

진정한 초인들에게만 붙는다는 초인명까지 받은 어엿한 초인.

그건 한계를 벗어난 자들만 세인들이 특별하게 붙여주는 이름이었다.

새벽의 기사.

그게 미오의 초인명이고, 미오를 대변하는 이름 그 자체였다.

이 초인명이라는 게 있고, 없고의 차이는 굉장히 심했다.

군의 사기는 물론, 그 개인적인 무력으로 전장의 분위기를 전체적으로 바꾸어 놓는 것도 가능하기 때문이다.

지금이 그랬다.

리온 라이언이라는 기사가 고군분투하고 있지만 이미 이곳 전장은 미오의 압도적인 무력에 사로잡혀 버렸다.

검은색 궤적이 허공을 가르면 여지없이 하나 혹은 그 이상의 목숨이 떨어지거나 행동 불능으로 변해 버렸다.

가르고, 그 끝 지점에서 터지는 일격에 순식간에 루와 비슷한 상황이 만들어져 버렸다.

처음에는 용기백배해서 달려들다가, 도저히 안 되겠는지 주춤주춤 뒤로 물러난 것이다.

"괴, 괴물……."

한 병사가 침을 꿀꺽 삼키며 도도하게 서 있는 미오를 보며 중얼거렸다.

괴물.

그 단어에 말에서 내린 바젠틴의 기병들은 모두 수긍하고 말았다.

미오의 외견적 모습은 분명 아름다우나 그녀의 손에서 들린 검은색의 대태도가 춤을 추면 결코 아름답지 않았기 때문이다.

사람의 몸을, 육신을 터뜨리는 일격을 뿌리는데 아름다워 보일 리가 없었다.

거기에 핏물이 점점이 붙어 그 찬란한 은발이 핏빛으로 물들면서 바람에 휘날리는 것도 결코 아름다워 보이지 않았다.

“······.”

하지만 괴물이란 말을 들은 미오는 꿈쩍도 하지 않았다.

그저 차갑게 가라앉은 눈동자로 좌중을 쓸어봤고, 그 자체로 압도했다.

스윽.

“히익!”

미오의 도가 슬쩍 들리자 바젠틴군은 깜짝 놀라며 몸을 뒤로 뺐다.

저 검이 움직이면, 가장 가까이에 있던 자는 육신이 갈리고, 터진다는 것을 지금까지 봐왔기 때문이다.

“피, 피······!”

스가앙······!

퍼걱!

기병대의 간부 하나가 피하라고 말을 하는 그 순간, 그의 머리가 마치 과실 터지는 소리를 내며 사라졌다.

그리고 약 일 미터 앞에, 미오가 서 있었다.

어느새 고속 이동해 사일을 그의 머리에 뿌려 버린 것이다.

쿵.

“······.”

약간 육중한 소리를 내며 바닥에 엎어진 시체를 보며 미오는 잠시 입술을 살짝 깨물었다. 그러고는 바로 원래의 기색으로 되돌아갔다.

차갑기 그지없는 그 모습으로.

“모두 물러서라.”

그때 미오의 공간에 다른 자가 끼어들었다.

리온 대공자였다.

그가 병사들을 헤집고, 겨우 이곳에 도착한 것이다.

“드디어 만났군.”

“…….”

리온 대공자가 아주 반갑다는 듯이 미오를 보며 말했지만 미오는 역시 대답하지 않았다.

그저 감정의 기복 없는 눈빛으로 자신의 앞을 가로막은 리온 대공자를 바라봤다.

“…….”

“…….”

그런 미오를 쏘아 보는 리온 대공자.

미오도 그 눈빛을 흔들리지 않고 마주 보았다.

그런 둘의 행동에 전장의 분위기가 급격히 가라앉기 시작했다.

한쪽은 간절히 바랐지만, 한쪽은 그저 시큰둥했던 대장전의 시작이었다.

*　　　*　　　*

마치 짜기라도 한 것처럼 미오와 리온 대공자 사이로 거대한 공간이 생겨났다.

그리고 전투를 벌이던 병사들도 둘이 대장전을 시작한다는 걸 인지하자마자 전투를 멈추고 뒤로 물러났다. 대장전이라는 건 일종의 일기토를 말했다.

하지만 웬만해서는 잘 잃어나지 않는 결투였다.

이유는 몇 가지가 있지만 그중 가장 큰 이유는 역시 부담감 때문이었다.

대장전은 승패는 병사들의 사기에 아주 민감하게 관여한다.

그렇기 때문에 이렇게 전투가 벌어지고 있는 순간에서는 웬만해서는 일어나기 힘든 게 대장전이었다.

하나 리온 대공자는 그 부담스러운 대장전을 직접 신청했다.

그리고 미오도 대답은 안 했지만 행동으로 받아들였다.

자세를 바로잡고, 도를 회수해 도집에 넣은 것이다.

"사경을 헤매다 일어난 그 순간부터… 단 한시도 잊은 적이 없었다."

"……."

그그극!

리온 대공자는 갑옷 위로 가슴에 난 상처를 부여잡으며 말했다.

그러자 건틀릿이 갑옷에 긁히며 상당히 거슬리는 소음을 유발했고, 미오는 그 소리에 눈매를 살짝 찌푸렸다.

"가슴에 남은 흉터……. 이 흉터를 보고 맹세했다. 반드시 죽이겠다고… 반드시 당신을 죽이겠다고!"

리온 대공자의 얼굴이 일그러지며 거친 고성을 토해냈다.

"……."

그러나 미오는 차분했다.

처음과 별반 달라지지 않은 눈으로 리온 대공자를 응시하고 있었다.

그 순간 리온 대공자의 돌격이 시작되었고, 발검과 함께 공격으로 이어졌다.

챙!

까강!

미오는 그걸 가볍게 도집째 막았다.

"흡! 크윽!"

그다음 미오가 손에 힘을 줘 밀어내자 리온 대공자는 주륵 뒤로 밀렸다가 다시금 검을 찔러 들어갔다.

까강!

이번에도 역시 미오는 그걸 도집째로 팅겨냈다.

검을 뽑은 리온 대공자와 아직도 도를 뽑지 않은 미오의 실력 차는 눈에 보일 정도였다.

하나 그런 격차를 리온 대공자는 결코 인정하지 않았다.

오히려 이를 악물고 미오를 공격했다.

“차앗!”

튕겨 나간 검을 다시금 상단으로 회수해 이번에는 하단을 공격하는 리온 대공자.

쉬익! 하고 마치 뱀의 혓바닥 소리처럼 울리며 그 독아를 미오의 하체에 들이댔다.

그러나 미오는 이번에도 그저 한 걸음 뒤로 물러나는 회피로 그 공격을 너무 간단하게 피해버렸다.

미오가 그 공격을 피하자 리온 대공자도 뒤로 한 걸음 물러나 미오를 노려봤다.

“…….”

“…….”

아주 짧은 공방을 끝내고 잠시 뒤로 물러난 두 사람.

리온 대공자는 얼굴을 일그러뜨리고 있었다.

이유는 간단했다.

미오가 도를 뽑지도 않았기 때문이다.

그게 리온 대공자의 이미 상처 입은 자존심을 건드렸다. 아니, 건드린 정도가 아니라 갈가리 찢고 있었다.

으드득!

이를 질끈 깨문 리온 대공자가 으르렁거리며 미오에게 물었다.

“나를 무시하는 건가…….”

“…….”

하지만 미오는 대답을 하지 않았다.

어떤 상황에서도 '타인'에게는 말을 섞지 않는 미오니 당연한 일이었다.

그리고 이런 점을 모르는 리온 대공자는 또 자존심에 타격을 받았다.

미오의 평상시 행동 그 자체가 리온 대공자에겐 모조리 거슬리고, 화가 나게 만들고 있었다.

"도를… 도를 뽑아라!"

"……."

리온 대공자는 외쳤다.

하지만 미오는 이번에도 대답하지 않았다.

다만, 행동은 보여줬다.

상처 입은 리온 대공자의 모습에 자신이 너무했다 생각한 건지, 그 불길한 빛을 뿌리는 도를 도집에서 꺼낸 것이다.

하지만 전부 꺼내지 않았다.

스릉.

딱 절반 정도만 도집에서 빼낸 채 자세를 살짝 잡은 것이다.

하지만 리온 대공자에겐 그것만으로도 충분했다.

싸울 의사가 있다는 걸 보여주자 리온 대공자는 일그러뜨렸던 얼굴은 펴고, 이번엔 싸늘한 미소를 지었다.

"그래, 그래야지. 그래야… 내가 다시 살아난 보람이 있지!"

쉭!

탁!

검을 바로 회수해 검집에 넣은 리온 대공자는 넣은 직후 바로 미오를 향해 내달렸다. 발검과 동시에 공격할 생각인 것이다.

하지만 이건 위험한 공격법이다.

이런 공격 자체가 일격필살을 위해 하는 경우가 많기 때문이다.

덕분에 동작이 크고, 허점도 많다.

"흐읍!"

어느새 미오의 면전에 도착한 리온 대공자가 나가는 발로 강하게 지면을 딛으면서 검을 뿌렸다.

스가앙……!

하지만 그런 리온 대공자를 마주한 건 마치 빛살처럼 뿌려지는 미오의 도였다.

공간이 갈라지는 소음을 대동하고 제자리에서 펼쳐진 그 발도는.

까각!

챙!

부딪치는 그 순간 리온 대공자의 검을 부숴 버렸다.

해도 쏘아 떨어뜨린다는 사일이다.

"크윽!"

리온 대공자는 검이 깨지는 걸 감지하는 그 순간 즉시 검을 놓고 고개를 숙였다.

그건 생존본능의 강렬한 경고를 따른 행동이었다.

그리고 그 행동이 리온 대공자의 목숨을 살렸다.

손가락 한 마디 차이로 미오의 도가 리온 대공자의 머리 위를 스쳐 지나간 것이다.

하지만 그다음 날아오는 미오의 늘씬한 발은 막지 못했다.

빠각!

꽈직!

“큭! 으윽!”

강렬한 돌려차기가 리온 대공자의 옆구리에 제대로 박혔고, 그 순간 갈비뼈가 두 대나 나가 버렸다.

물론, 리온 대공자는 저 옆으로 튕겨, 굴러간 것은 당연한 일이었다.

이 한 번의 부딪침은 둘의 실력의 차이를 아주 확실하고, 극명하게 갈라놓았다.

리온 대공자의 무력이 높은 언덕이라면 미오의 실력은 까마득하게 솟은 천장단애의 절벽이었다.

그만큼 너무나 확연한 차이를 보였다.

“큭! 크윽!”

하지만 리온 대공자는 포기하지 않았다.

무릎을 짚고 겨우 일어난 리온 대공자는 얼굴을 한껏 일그러뜨린 채 외쳤다.

“검! 검을 내놔라!”

“네, 넷!”

리온 대공자의 외침에 한 간부가 빠르게 다가와 그의 검을 주고 돌아갔다.

간부들이 차는 검이라고는 해도 그렇게 좋은 검은 아니지만 리온 대공자는 몇 번 허공에 휘둘러보고는 다시 자세를 잡았다.

눈동자가 이글이글 불타는 게, 평소의 온화하다는 리온 대공자의 모습은 어디에서도 찾아볼 수가 없었다.

“…….”

그런 리온 대공자를 말없이 노려본 미오는 다시금 도를 도집에 넣고 자세를 잡았다.

하지만 이번엔 한쪽 발이 앞으로 나가고, 상체가 앞으로 숙었다.

그건 곧 발도를 하며 사일을 뿌릴 때 나오는 미오의 고유 자세였다.

“후우……. 흡!”

천천히, 길게 숨을 내쉰 미오는 그다음 바로 짧게 숨을 끊어 마시고 앞으로 내달리기 시작했다.

사르륵.

상체를 앞으로 숙이자 곧 투구 사이로 삐져나온 미오의 아름다운 은발이 바람에 휘날리기 시작했다.

그건 마치 은하수의 물결처럼 아름다웠다.

하나, 그 은하수가 향하는 최종 목적지인 리온 대공자에게는 전혀, 결코 아름다워 보이지 않았다.

"큭!"

스가앙……!

리온 대공자의 악 다문 입술 사이로 짧은 신음이 흘러나온 그때, 미오의 도집에서 도가 뽑히며 또다시 공간을 가로지르는 소음을 냈다.

스가악!

"아윽!"

리온 대공자는 서둘러 상체를 뒤로 물렸지만 묵빛의 궤적은 이미 리온 대공자의 갑옷 앞섬을 거칠게 훑고 지나갔다.

"……."

하지만 그럼에도 미오는 뭐가 마음에 안 드는지 얼굴을 찌푸리며 상체를 세웠다.

세운 그녀의 시선엔 주춤거리며 물러서는 리온 대공자의 모습이 보였다.

그리고 잠시 후.

"크윽……."

리온 대공자는 다시 무릎을 꿇을 수밖에 없었다.

꿇은 리온 대공자의 가슴에서 피가 조금씩 새어 나왔다. 사일이 갑옷을 가르고, 피육도 가른 것이다.

하나 그 피의 양은 많지 않았다.

중상이긴 하지만 치명상은 아니라는 소리였다.

"고, 공자님!"

"오지 마라!"

한 간부가 놀라 리온 대공자의 곁으로 달려오려 했지만 리온 대공자는 오히려 그 간부가 오는 걸 소리쳐서 막았다.

그다음 다시 미오에게 시선을 돌린 다음 말했다.

"어째서… 어째서 너희 같은 게!"

"……."

리온 대공자의 말에 미오는 고개를 좀 갸웃거렸다.

그 말의 뜻을 파악하지 못한 것이다.

"너희에겐 그런 천고의 재능을 주었으면서! 왜 나에겐… 왜 나에겐 그런 재능이 없는 거냐!"

"……."

"왜!"

그건 울부짖음이었다.

피가 스멀스멀 나오는 가슴을 부여잡고 리온 대공자는 하늘을 보며 울부짖었다.

재능의 격차, 그걸 분배한 하늘에 대한 원망이었다.

"……."

하나 미오의 눈은 무신경했다.

동정심?

전혀.

그런 것 따윈 아예 없었다.

사실 미오의 시선으로 본다면 지금 리온 대공자는 배부른 소리를 하고 있었다.

사 남매의 재능? 그건 분명히 좋았다.

아니, 좋다 못해 차고 넘쳤다.

하늘이 준 재능이라고 해도 솔직히 틀린 말은 아니었다.

하지만 그런 대신 사 남매의 유년기는… 정말로 최악이었다.

구타는 기본이었고, 끼니는 전부 썩은 음식이거나 훔치고, 일반적이지 않은 대가를 치르고 얻은 것들뿐이었다.

그래서 세상에 대한 독기가 채 여섯, 일곱 살 무렵부터 사 남매의 머릿속에 스며들었다.

만약 재능이 좋지 못해 머리라도 뛰어나지 않았더라면 그렇게 해서 살아남는 일조차 없었을 것이다.

하나 머리가 좋은 탓에, 남들보다 훨씬 빨리 세상의 지독함을 깨우친 채 살아남은 사 남매였다.

반대로 리온 대공자는?

유복하다 못해 넘칠 정도로 모든 것을 갖춘 집안에서 태어난 리온 대공자였다.

재력은 물론 무력과 신망까지 전부 갖춘, 그런 바젠틴 왕국의 라이언 가에서 태어난 게 리온 대공자라는 소리다.

당연히 어렸을 적부터 그 어떤 것도 부족함없이 살았다.

재능?

그것도 좋았다.

수완가이자 걸출한 기사인 아버지 리오 라이언 공작을 완전히 빼다 박았다는 소리를 들을 정도로 리온 대공자의 재능은 뛰어났다.

전쟁은 물론 정치에서도 뛰어난 활약을 했고, 사교계에서도 왕국의 왕자보다 더 왕자 대접을 받고 산 게 리온 대공자였다.

그런 그가 가지지 못한 게… 딱 하나.

바로 소피아 바이칼이었다.

그리고 소피아를 빼앗기면서 자신에게 치욕을, 지독한 상처를 준 여기사를 넘지 못한다고 지금 이렇게 울부짖고 있었다.

그게.

그게 가소로운 미오였다.

그리고… 짜증나는 미오였다.

"으아아!"

리온 대공자는 억지로 다시 지면을 밟고 일어섰다.

그 순간…….

스가앙……!

퍼걱!

예의 그 소름 끼치는 소리와 함께 살이 터지는 파육음이 들렸다.

"하악……."

리온 대공자는 허탈한 신음 소리와 함께 뒤로 주춤주춤 물러났다.

그리고 어느 순간 뭔가 허전하고 시원한 느낌이 드는 가슴을 바라봤다.

"…하, 하하."

뻥 뚫린 왼쪽 가슴.

그곳을 통해 바람이 불고 있었다.

허탈했다.

저 가슴속에 있던 물건이 사라졌다는 게.

저항 한 번 제대로 못 해보고… 이렇게 쓰러진다는 게.

리온 대공자는 너무 허탈했다.

푸확!

피가 확 뿜어지기 시작했고, 곧 시원함과 허전함 대신 격렬하고, 아찔한… 단 한 번도 느껴본 적이 없는 통증이 찾아왔다.

"커억……!"

그 순간 바람이 휘이잉! 강렬한 겨울바람이 불어와 뿜어지는 피를 바젠틴군 쪽으로 날려 보내기 시작했다.

풀썩.

첫 번째로 무릎이 꺾였고.

“소…….”

두 번째로 상체가 꺾였다.

“…아.”

그렇게.

속에 있던 말도 제대로 꺼내지 못하고, 바젠틴이 자랑하는 기사이고, 신성이자 미래라고 불리는 리온 라이언 대공자가 죽었다.

나부끼는 은발.

장신의 키.

묵빛의 대태도.

차가운 얼굴.

동요없는 눈동자를 가진.

새벽의 기사, 미오에 의해서.

―전장의 승기가 어느 한쪽을 향해 돌이킬 수 없을 정도로 기우는 순간이었다.

Chapter
70

결착(決着)

흘러가는 전장의 상황을, 조금 언덕진 곳에서 오롯이 서서 구경하고 있는 기사가 있었다.

그저 서 있는 것만으로도 좌중을 압도하는 그 알 수 없는 무언가가 그 기사에겐 있었다.

하나의 기다란 원뿔이 난 투구를 쓰고, 손에는 반월의 날이 달린 창을 들고 있는 기사.

조용히 나타나 존재감을 내비치더니, 이제는 기사왕이라고 불리는…….

전장의 왕(王).

유라였다.

그런 유라의 뒤에는 펄럭이는 소매가 인상적인 젊은 남자. 그리고 그 옆에 서 있는 단발머리의 중성적인 매력을 갖춘 여자.

둘이 서 있었다.

앤드류와 이레인이었다.

"사령관님."

앤드류가 유라를 불렀다.

"응?"

유라는 착 가라앉은 목소리로 그 소리에 대답했다.

앤드류나 이레인은 유라의 얼굴이 들리지 않았지만 지금 유라가 어떤 표정을 짓고 있는지 잘 알 것 같았다.

유라는… 사람의 생명을 결코 가볍게 보는 기사가 아니었다.

아니, 오히려 세상 그 어떤 것보다 무겁게 봤다.

생명의 소중함을 누구보다 잘 알고 있는 것이다.

그런데 지금 그런 유라의 눈앞에… 아니, 특별한 눈에 생명이 우수수 떨어지는, 마치 가을철 낙엽 떨어지듯이 떨어지는 광경이 펼쳐지고 있었다.

아마 지금 유라의 가슴은… 거의 찢어지다시피 하고 있을 것이다.

전쟁이라는 특수상황이 아니었다면 결코 유라는 이런 일을 좌시하지 않았을 것이다.

그게 유라다.

앤드류는 이러한 것을 잘 알고 있었다.

그래서 다음 말을 꺼내는데 저절로 머뭇거리게 됐다.

'으음……'

속으로 짧은 침음을 흘린 앤드류는 슬쩍 이레인을 바라봤다.

하지만 이레인도 결코 좋은 표정은 아니었다.

아마, 아주 짧은 시간이지만 이레인도 유라라는 기사가 어떤 사람인지, 유라라는 여자가 어떤 여자인지 잘 파악한 것 같았다.

그러니 저절로 유라의 현재 기분에 동화되어 버린 것이다.

그러다 문득 앤드류의 시선을 이레인은 느꼈고, 그 시선을 찾아봤다가, 슬그머니 고개를 돌렸다.

싫다는 것이었다.

앤드류는 아무 말도 안 했지만 이레인은 그냥 듣지도 않고 거절했다.

이 상황에서 앤드류가 쳐다본 이유를 사실 이레인이 모를 리가 없었다.

지혜의 별이라고까지 불리는 이레인이다.

그 악역을 맡긴 결코 싫었다.

'후우……. 눈치 빠르기는.'

앤드류는 결국 속으로 한숨을 쉬며 이레인에게서 시선을 떼고, 유라의 가늘지만 누구보다도 커다란 등을 바라봤다.

그렇게 시선을 돌린 직후였다.

"불렀으면 말을 해."

툭 하고 내던져진 그 말엔 살짝 가시가 돋쳐 있었다.

앤드류는 그 가시를 감지했지만 결국 해야 할 말을 꺼냈다.

"아, 네……. 준비하실 시간입니다."

"……."

그리고 역시.

앤드류의 말에 유라의 기도가 싹 바뀌었다.

어딘지 슬픈, 아련한 느낌의 기도로 변해 버렸다.

하지만 잠시 뒤, 그런 기도는 온데간데없이 사라진 다음, 누가 느끼더라도 '절대자' 란 느낌의 기도를 이끌어내기 시작했다.

"작전은 처음과 같습니다. 오천 기의 최정예 기병과 사백의 바이칼 기사단을 이끌고 적의 심장부를 쳐주십시오. 목표는 적의 머리라고 할 수 있는 안토니란 자와 분명히 마중 나올 적 기사단의 궤멸입니다."

"…알았어."

앤드류의 사람을 죽여 달라는 잔인한 말에 유라는 조금 뜸을 들였지만 결국 승낙의 말을 꺼냈다.

그리고 등을 돌렸다.

유라가 등을 돌리자 앤드류와 이레인에게 현재 유라가 어떤 얼굴을 하고 있는지 정말 잘 보였다.

답답하지만, 결의에 찬 표정이었다.

사람을 학살한다는 게 분명 내키지 않음에도, 그녀는 자신의 맡은바 할 일을 다 할 생각을 먹은 것이다.

사람은 자기가 하고 싶은 일만 하고 살 수는 없다.

그것을 잘 알고 있는 유라다.

하고 싶지 않은 일이라도 자신의 위치와 또한 자신의 지니고 있는 이념을 위해서는 싫은 일이라도 해야 할 때가 있었다.

지금이 그때였다.

딱 하기 싫어도 자신의 이념을 관철시키기 위해, 자신에게 소중한 것을 지키기 위해서는 반드시 해야 할 일이었다.

그걸 유라가 알고 있다는 소리다.

그래서 유라가 택한 방법은 더욱더 마음을 굳게 먹은 것이다.

어설프게 했다가는 아군이 다친다.

자신을 믿고 있던 병사들이, 자신의 실수 하나면 그게 독칼이 되어 아군을 찢고, 중독시킬 게 분명했다.

그건 싫었다.

어쨌든 적을 둔 곳은 바로 이곳 체르니다.

예전에 루의 말처럼, 자신이 조금만 더 힘을 내면, 잔인해지면 그것만큼 아군의 목숨을 살릴 수 있을 것이다.

그래서 유라는 마음을 독하게 먹었다.

아주 독하게.

"전군!"

쩌렁!

자상하기만 하던 목소리가 추상같은 호통으로 변했다.

그에 대오를 맞추고 대기하고 있던 오천의 기병대 그리고 바이칼 기사단이 군기가 바짝 들어 한목소리로 대답했다.

"네!"

유라의 호통보다도 더욱 큰, 거대한 외침이 터졌고, 그 외침은 곧 군기를 충천시키는 결과를 불러 일으켰다.

군기가 충천하자 유라는 곧 자신의 말에 올라탔고, 창을 번쩍 들었다. 그리고 호흡을 다시 한 번 가다듬고 외쳤다.

"출격!"

—와아아아아!

*　　*　　*

두드드드드!

약 오천사백의 기마가 낮은 거대한 외침을 동반한 채로 나지막한 언덕을 달려 내려가기 시작했다.

그건 흡사 거대한 파도가 세상을 쓸어버릴 기세로 달려오는 것처럼 보였다.

전투 중이던 모든 병사가 흠칫! 하고 놀라 그쪽을 바라봤을 정도였다.

그리고 그들은 보았다.

선두에서 불꽃을 창에 두른 채 맹렬한 속도로 내달리고 있는 기사를.

"기, 기사왕이다!"

"유리님이다!"

"유라님이 출전하셨어! 우와! 우와아아!"

아군에겐 더 이상 올라갈 수 없을 정도로 사기의 상승을 불러일으켰고.

"기, 기사왕이……."

"아, 안 돼……."

"도, 도망가! 으아아!"

적군에겐 사기는 더 이상 떨어지지도 못할 나락으로 떨어져 버렸다.

하지만 유라가 이끄는 기병대는 그런 병사들을 무시하고, 언덕을 내려오고도 기수를 돌리지 않고 그대로 일직선으로 내달렸다.

목표는 하나였다.

적군의 중앙 막사.

즉, 심장부다.

다른 건 다 필요 없고, 심장부만 헤집는 게 앤드류가 유라에게 부탁한 작전의 전부였다.

주요 수뇌부를 못 잡아도 상관없었다.

심장부가 갈가리 찢어지면… 상징성이 남는다.

아군과 적군에게 똑같이.

물론 받아들이는 건 다르다.

아군에겐 적의 수뇌를 해치웠다는 생각으로 남게 되고, 적군에게는 아군의 수뇌부가 당했다라는 인식이 남게 된다.

앤드류와 이레인이 노린 것은 그거다.

수뇌부라는 상징성의 파괴.

그리고 유라는…….

그걸 완수하기에 가장 좋은 최적화된 기사였다.

쫘드득!

"크악!"

"아아악!"

선공은 역시 유라였다.

그녀가 손에 쥔 언월도로 펼친 무자비한 일격은 순식간에 병사 둘의 육신을 마치 종이 쪼가리처럼 찢어버렸다.

그리고 그대로… 바젠틴의 중앙군을 꿰뚫기 시작했다.

사정?

그런 것 따위… 이미 출전 전에 버린 유라였다.

스스로 자신의 마음을 희생해, 아군의 피해를 줄이기로 결심한 유라에게 그런 것 따위… 있을 리가 없었다.

히히힝!

꽈드득!

“크악!”

유라가 탄 말이 거친 투레질과 함께 병사의 얼굴을 공중에서 찍어 버리고, 다시 질풍처럼 질주하기 시작했다.

그리고 그 뒤를 따라 질주하는 오천사백의 기병대.

1미터, 10미터, 100미터를 질주할 때마다 그 주위로 늘어나는 건 신체의 일부가 사라진 시체들이었다.

전장의 비명이, 이들로 인해 더욱 처절하게 변하기 시작했다.

“……”

하나 유라는 표정의 변화 없이, 감은 눈의 그 고요한 기색 그대로 손을 휘둘렀다. 마치 하늘에서 내려온 신장처럼.

사를 멸하는, 지상에서 신에게 제물로 바치는 그 불꽃을 이용해 주변을 초토화하며 전진했다.

“도, 도망가! 으악!”

“피해! 비켜! 뒤에 비키란 말이야!”

바젠틴의 병사들은 이미 싸울 의지를 잃었다.

그건 보병이든, 궁병이든……

혹은 병사든, 지휘관들이든.

모두 마찬가지였다.

아군에게는 ‘왕’으로 보이지만, 그들에겐 ‘악마왕’으로 보일 뿐이었다.

애초에 인간이 악마를 상대할 리가 없었다.

태고 속에 존재이자, 신화 속에서나 존재하는 악마라는 것은 온갖 불길함을 내포하고, 내뿜는다.

차원이 다르다는 소리다.

바젠틴 병사들의 눈엔 유라가 그렇게 보였다.

그리고 유라도 그렇게 보이게 행동했다.

기이잉!

기음을 토하며 짓쳐든 언월도가 순식간에 주변을 불태우고, 그 간격 안에 있던 모든 것을 베어버렸다.

언제 어떻게 베였는지도 몰랐다.

거리는 분명히 있었음에도, 도망가고 있었음에도 모조리 베였다.

불이라는 매개체까지 머금은 공간제압격이었다.

그렇게 유라가 이끄는 기병대가 바젠틴 중앙군을 반 정도 파고들었을 때, 그 뒤쪽이 열리며 일단의 무리가 등장했다.

리오 라이언 공작이 이끄는 바젠틴군의 마지막 힘이었다.

하나 그들도…….

허무하게 무너졌다.

너무도 허무하게…….

*　　　*　　　*

휘이잉!

“······.”

황량한 바람이 불었다.

피폐해진 대지 위에.

갈라지고, 핏물이 흐르는 죽음의 대지 위에.

사신의 바람이 불었다.

산 자와 죽은 자의 경계가 너무나 명확한.

살아 숨 쉬는 자와 죽은 자의 숫자가 정확히 반비례하는.

그야말로······.

처참한 땅.

안식이 허락되지 않는 땅.

아니, 허락됐던가?

모르겠다.

이곳은 너무 처참해서······.

전쟁은 끝났다.

유라가 중심부를 파괴하는 그 순간, 더스틴이 보내온 괴물 마력포가 고의적으로 비워놓은 체르니군의 진영을 통과하여 바젠틴 진형을 향해 그대로 뿜어졌다.

악마 같았다.

정말 악마의 숨결 같았다.

아니, 어쩌면 신화 속에 나오는 드래곤(Dragon)이라는 존재의 브레스(Breath)와 더욱 비슷했다.

반경 10미터에 달하는 그 거대한 빛줄기는 바젠틴 진형을 그대로 지워버렸다. 그래, 말 그대로 지워버렸다.

그렇게밖에 설명할 수 없었다.

그 빛줄기 속에 들어가 있던 바젠틴군은 시체 조각조차, 피조차 남기지 못했다. 말 그대로 이승에서 지워져 버렸다.

더스틴과 막시무스는… 정말 괴물을 만들어냈다.

아니, 악마를 만들어냈다. 그래, 그건 악마였다.

그 압도적인 광경에 바젠틴군은 손을 늘어뜨렸다.

어쩔 수 없었다.

그 포신이 다시 고위 적으로 병사들이 난전을 벌이고 있는 곳을 향하는데… 무기를 안 버릴 수가 없었다.

그렇게 한둘씩 무기를 버리자 그건 전염처럼 퍼져 나갔다.

바젠틴군으로선 참패다.

적을 알면서도 무리하게 덤벼든 죄가 바로 이것이었다.

일이 년 전, 상인연합국을 공격하면서 바르바 왕국이 전쟁을 시작했다.

침공국인 바르바 왕국은 전쟁상인과 그 동료인 마법사, 정령사, 부적술사의 존재를 알지 못하고 대회전을 벌였다가 정말 무시무시한 참패를 당했다.

그게 단 넷 때문에 일어난 일이었다.

초인이란 존재에 아예 먹혀 버린 것이다.

하지만 그랬음에도 그 전쟁은 바르바 왕국에게 치욕으로 남았다.

아니, 대륙사에 그렇게 기록될 것이다.

이유는 딱 하나였다.

역사상 초유의 엄청난 전쟁 배상금을 지급하며 끝났기 때문이다.

물론 그건 전부 전쟁상인의 수완 덕분이었다.

그리고 지금 여기.

바르바 왕국과 상인연합국의 전쟁과 비교해도 전혀 손색이 없을 전쟁사가 탄생했다.

대회전 시간.

약, 3시간.

그 안에… 15만과 10만이 조금 못 되는 병력끼리 붙은 대회전이 한쪽의 일방적인 승리로 끝을 맺었다.

이 전쟁도 아마 대륙사에 영원히 기록될 것이다.

*　　*　　*

그리고 그 전쟁의 주역 중의 하나인 루는 핏물로 질척이는 죽음의 대지를 걸었다.

"……."

얼굴은 굳어 있었다.

사실 웃는 게 이상한 일이니 당연한 일이었다.

이렇게 많은 생목숨이 바닥에 떨어졌는데 웃는 인간은 진짜 미친 개새끼일 것이다.

루는 그런 미친 개새끼가 아니니 웃지 않았다.

가늘게 눈매를 좁히고, 입술을 질끈 깨물고, 왼손의 샴쉬르는 검집에 넣고, 그 대신 투구를 옆구리에 끼고, 오른손에는 검을 쥐어 늘어뜨린 채, 그렇게 걸었다.

“……”

걸음을 계속 옮기는 루의 표정이 슬쩍 굳었다.

그리고 천천히 다리를 떼며 바닥을 내려다봤다.

“젠장…….”

진흙에 묻혀 잘 보이지 않았던 팔 조각을 밟은 것이다.

그게 루의 입에서 짜증 가득한 말이 나오게 만들었다.

그건 거치적거리게 만들어서가 아니다.

망자에 대한 예의를 지키지 못했기 때문이다.

루가 아무리 잔인해도, 그건 사람에 따라서 항상 변한다.

그리고 대륙의 기사도와는 다르지만 그와 비슷하면서도, 다른 기사도를 배웠기에. 스스로 보내는 질책 때문이었다.

슥.

살짝 고개를 숙여 묵념을 한 루는 다시 걸음을 옮겼다.

마지막 피날레를 장식하기 위해서.

목적지에 도착한 루는 피날레 대상의 앞에 섰다.

피식.

"기분이 어떠신가?"

"……."

루의 물음에 리오 라이언 공작은 아무 대답도 하지 못했다. 충격일 것이다. 이렇게 대패를 했다는 것이.

처참하게 졌다는 것이.

하지만 이건 당연한 결과였다.

"진 게 분한가? 이 당연한 결과가 그렇게 분해?"

"……."

루는 피식 웃으면서 다시 한 번 리오 공작을 비웃었다.

"우습게 봐도 너무 우습게 봤어. 당신이 초인이라면 초인 하나가 전장에 어떤 영향을 끼치는지 잘 알았을 텐데. 이런 안이한 대처라니……. 하, 어이가 없군."

"…라."

루의 말에 리오 공작이 뭔가 웅얼거렸지만, 너무 작아 들리지 않았다. 하지만 그건 주변 사람들에게만이지, 루까지는 아니었다.

루는 분명하게 들었지만, 그냥 무시하고 다시 입을 열었다.

"군의 대처도 우습더군. 항상 우리가 움직이고 그다음에야 움직이다니, 그동안 아군의 사기가 나락으로 떨어지는 건 신경 안 쓰는 건가? 전장에서 사기가 얼마나 큰 작용을 하는지 모르는 건가?"

“…쳐라.”

또 웅얼.

그러나 이번에도 전과 마찬가지로 주변인들에겐 안 들리고, 루에게는 들렸다. 물론, 이번에도 루는 무시했다.

“애송이들이더군. 아군과 적군의 전력 차이도 확인하지 않고 달려들던 모습이란……. 싱거워, 좀 기대를 했는데 말이야…….”

이렇게 말하는 루.

그건 전부 정답이었다.

바젠틴군의 대처는 정말 최악이었다.

최악 중의 최악.

베스트 오브 최악.

작전, 전략은 말할 것도 없었고, 병력을 움직이는 운용도 현저히 떨어졌다.

그게 리오 공작의 독단, 고집과 유라의 심장부 돌격에 사지가 찢겨 죽은 안토니의 발버둥이 만들어낸 결과였다.

수뇌부의 움직임이 다르니 삐걱거릴 수밖에…….

“이거, 당신은 조금 기대했는데……. 내 속에 요괴를 만족하게 해줄 수 있을지……. 아쉽군.”

루는 그렇게 말하고 두말없이 등을 돌렸다.

패자에게 보내는 최악의 조롱이다.

“닥쳐라……!”

스가악!

눈부신 하얀 궤적이 허공에 새겨지며 루의 등을 노렸지만, 닿을 때쯤 어느새 루는 옆으로 한 발자국 떨어져 뒤돌아서고 있었다.

"그래, 그렇게 나왔어야지. 그래야 너를 죽이겠다고 다짐한 내 심장에, 내 안의 요괴에게 안 미안하지."

"흐아! 흐아!"

거친 숨결을 토해내며 일어선 리오 공작이 두 눈에 핏발이 선 채 루를 노려보기 시작했다.

"부상은 크지 않을 텐데? 설마 누나가 약속을 어길 리가 없으니까 말이야."

"흐으, 흐으……."

루의 말이 맞았다.

리오 공작의 부상은 크지 않았다.

최초 돌격 당시.

유라의 일격에 다시금 허공을 날았지만 이번에는 그냥 튕겨만 나간 것이었다.

그가 입은 부상은 낙마 때의 부상이 전부였다.

물론 낙마하고 나서, 전쟁은 끝나 버렸지만.

체르니의 병사들을 베며 고군분투했지만 이미 전쟁은 끝나 버렸기에.

그의 부상은 크지 않았다.

루는 웃었다.

이번엔 조소가 아니었다.

진하고, 미치도록 불길한 미소였다.

—고오오오…….

동시에 다시 두억시니가 풀려나와 요동치기 시작했다.

—죽여! 죽여…! 죽여……!

아무도 듣지 못할 그 외침을 온몸으로 가득 느끼면서 루는 웃었다.

누구보다 불길하게.

명왕의, 사신의 미소를 지었다.

"정신 차려. 끝이 허무하면……. 내 안의 요괴왕이 슬퍼한다."

"……."

돌아오는 눈.

과연 그래도 초인이라 이건가?

어느새 이지를 회복한 리오 공작이 루를 바라봤다. 아니, 노려봤다.

"미안하군."

"별말씀을. 자, 이제 끝을 맺어볼까?"

"그러지."

의지를 회복한 리오 공작이 검을 가슴으로 세웠다.

그와 동시에 루는 투구를 집어 던지고, 검집에 있던 샴쉬르를 마저 뽑아내 양손에 쥐었다.

그리고 상체가 앞으로 살짝 내밀어지며, 지면을 밟고 있는 하체에 힘을 넣기 시작했다.

그때였다.

숨소리마저 들리지 않던 이 공간에, 이상 현상이 시작한 것은.

—고오오오……!

루의 미쳐 날뛰던 살기가 줄어들면서, 그림자가 늘어나기 시작했다.

그리고… 늘어난 그림자는 이윽고 하나의 형상을 만들었다.

짐승의 얼굴에.

거대한 뿔.

손에 들린 두 개의 몽둥이.

요괴 왕(妖怪王)의 현신.

그 현신한 요괴왕은 이윽고 넘실거리기 시작했다.

그건 육안으로 확인이 가능할 정도로 진하고, 짙었다.

탓!

타닷!

그리고 그 즉시 리오 공작이 루에게 쇄도했다.

일생의 수련으로 이룬 검을 휘둘렀다.

스가악!

하나 루가 빨랐다.

"느려."

번쩍!

적십자분광(赤十字分光).

리오 공작의 육신이 십자로 쪼개지고 갈라졌다.

그렇게… 끝났다.

전쟁은.

서대륙의 패자, 체르니 왕국의 탄생은 이렇게 시작됐다.

Epilogue

전쟁은 체르니 왕국의 너무나 압도적인 승리로 끝을 맺었
다.

대회전이 끝난 직후, 체르니 왕국은 거기서 멈추지 않고 바
젠틴 왕국으로 바로 진격했다.

마도로스 강을 건너, 그다지 크게 피해를 입지 않은 군을 운
용해 바젠틴 왕국의 주요 거점은 물론, 평원 등, 상당 부분의
영토를 점령했다.

그렇게 물밀듯이 밀고 올라가던 체르니군이 멈춘 곳은 바젠
틴의 수도에서 약 이 주 정도 떨어진 곳이었다.

그곳에서 멈춘 이유는 다른 게 아니었다.

항복하라는 무력시위였다.

그렇게 시작된 무력시위에 바젠틴은 더 이상 버틸 수 없었다.

기둥 그 자체라 할 수 있는 라이언 가의 몰락이 가져온 결과였다.

결국 백기를 든 사자가 체르니군에게 항복의 의사를 전달했고, 체르니군은 그걸 받아들이고 협상에 들어갔다.

어마어마한 전쟁 보상금은 물론, 영토까지 확보한 체르니군은 그래도 어느 정도의 영지는 돌려주고, 군을 뒤로 물렸다.

대승.

그야말로 어마어마한 대승이었다.

예전의 약하던 체르니왕국에서 벗어나 대륙 서부의 새로운 강국으로 발돋움한 순간이기도 했다.

그렇게 삼 년이 지났을 때, 체르니 왕국은 군사 강국은 물론, 대대적인 개혁으로 대륙 서부에서 가장 살기 좋은 왕국으로 탈바꿈했다.

그리고 이 모든 것을 이루는 데 가장 큰 공헌을 한 사람은 당연히 사 남매였다.

그 후 다시 이 년 후.

사 남매는 체르니 왕국에서 조용히 모습을 감췄다.

그렇게 다시 이 년 후……

*　　*　　*

　대륙의 중부, 가장 광활하고, 비옥한 토지를 소유하고 있는 마도제국의 수도, 알스테르담에 사인의 여행자들이 들어서고 있었다.

　"여기가 대륙의 심장……."

　"과연… 체르니의 수도와는 정말 비교조차도 하기 힘들겠어."

　천천히 거리를 걸으며 그 발전한 문명의 산실을 보던 여행자들 중 찬란한 금발, 그리고 불길한 잿빛 머리를 가진 여성과 남성이 대화를 나누기 시작했다.

　"화려하다. 화려하다 못해 눈이 부실 정도야."

　"동감이야."

　사 남매였다.

　유라는 감은 눈으로 주변을 돌아보며 연신 감탄사를 내고 있었고, 루는 그런 유라의 감탄에 동조를 해주고 있었다.

　그렇게 그날 하루는 꼬박 알스테르담의 구경에 투자를 하고, 다음 날 아침 일찍 여관을 나선 사 남매는 바로 목적지로 향했다.

　사 남매의 목적지는 바로 알스테르담에서 가장 화려하고, 웅장함을 자랑하는 곳.

　바로 황성이었다.

"멈추십시오. 무슨 용무이십니까."

하지만 쉽게 들어가지는 못했다.

황성의 수비병이 바로 막은 것이다.

수비병의 행동에 루는 가슴에서 서신을 하나 꺼냈다. 바로 체르니 국왕의 직인이 찍힌 서신이었다.

"서대륙의 왕국 체르니에서 왔습니다."

루는 그렇게 말하고 서신을 건넸다.

수비병은 그 서신을 받고 잠시 루를 보더니, 곧바로 뒤에 있는 후임 병사에게 서신을 건네며 말했다.

"가서 확인해."

"네!"

후임 병사는 그 서신을 받고 바로 황성 안으로 내달렸다. 그렇게 기다리기를 30분.

다시 병사가 뛰어왔다.

"확인했습니다! 체르니 왕국의 사자가 맞답니다!"

"수고했어. 자, 들어가시지요."

병사는 그렇게 말하고 길을 열고 앞장 서 걸었다.

그렇게 들어가게 된 알스테르담의 황성.

"굉장해……."

유라는 이번에도 역시 화려함을 자랑하는 알스테르담의 황성을 보면서 감탄을 금치 못했다.

평소엔 차분하던 미오마저도 눈을 동그랗게 뜨고 이곳저곳을 훔쳐볼 정도였다.

물론 루도 눈이 호강하는 느낌을 계속해서 받고 있었다.

그렇게 30분 정도를 걷고, 다시 검문을 받았을 때, 그때부턴 걷는 게 아닌, 마차가 대령됐다.

사 남매의 신분이… 걸어서 황성을 이동할 정도의 신분이 아니라는 걸 황성 측에서 알게 된 탓이다.

기사왕(騎士王).

명왕기사(冥王騎士).

거신(巨神).

새벽의 기사[黎明騎士].

오랜 시간이 지났지만 아직도 대륙에서는 절대적인 강자로 인정받고 있는 사 남매다.

당연히 그만한 대접이 따라붙었다.

그렇게 황성의 중심부로 들어간 사 남매는 용건을 전달했다.

이제는 여제(女帝)라 불리는 마도제국 알스테르담의 황제를 알현하는 게 용건이라고.

기다림의 시간은 당연히 있었다.

하나 길지 않았다.

"저를 따라오시지요."

집사 장이 찾아와 안내를 길안내를 시작했고, 영광의 홀이라는 긴 회랑을 지나 거대한 대전 입구에 선 사 남매.

체르니와는 비교가 안 되는 광경이지만 사 남매는 전혀 위축이 되지 않았다.

대전이 열리고, 그 끝으로 몇몇 인물들이 보였다.

멀지만 그런 광경을 눈에 담으며 사 남매는 발걸음을 뗐고, 적당한 선에 멈춰서 황제를 알현하는 예를 취했다.

"그대들이군."

툭 하고 내던지는 목소리.

여제.

엘리자베스 E. 알스테르담의 목소리였다.

유라가 그 목소리를 받았다.

"기사, 유메리아라가 여제를 뵙습니다."

조금도 위축되지 않은 유라의 인사에 엘리자베스 여제의 눈동자에 호기심이 깃들었다.

대륙에서 가장 거대한 영토를 다스리는 여황제. 그리고 검으로도 정점에 선 강력한 검사.

이 두 가지 이유 때문이라도 웬만한 사람들은 기가 죽어 고개도 들지 못했다.

그건 지금까지 그랬고, 앞으로도 그럴 것이다.

하나 유라는 안 그랬다.

당당.

그 자체였다.

"그대가 기사왕이군. 과연……. 그렇게 불릴 만해."

엘리자베스 여제의 목소리에 감탄이 조금 섞였다. 여제도 알고 있는 것이다.

대륙을 뒤흔드는 기사왕의 무력을.

"칭찬으로 듣겠습니다."

살짝 취하는 예.

조금도 밀리지 않는 유라의 행동에 대전에 있던 몇몇 인사들의 얼굴에 불만이라는 감정이 차올랐지만 여제는 그런 것 따위는 신경도 쓰지 않았다.

그 다음 시선은 루였다.

"흐음……."

슬쩍 흘러내는 그 탄성에 루눈 살짝 긴장했다.

'와우…….'

그리고 속으로 탄성을 내질렀다.

루는 당연히 말로만 듣던 엘리자베스 여제를 처음 봤다. 영광의 검이라 불리는 엘리자베스 여제의 무력은 이미 유명이야기다.

공간제압격을 뿌릴 수 있는 검사.

일검좌.

철기마.

그리고 불사신.

세 제국의 가장 강력한 검사, 전사, 투사들 뒤를 이을 첫 번째 인물로 평가받는 검사.

'대단하다……'

절로 감탄이 일어났다.

루는 이제껏, 자신이 상대가 되지 않을 거라 검을 겨뤄 보지도 않고 인정한 사람이 딱 두 명 있었다.

당연히 첫 번째는 누나인 유라였다.

기를 쓰고 쫓아가도 언제나 저 멀리 가 있는 유라. 처음에는 그게 분했지만 이젠 그냥 그러려니 했다.

평생을 가도 잡지 못할 것이란 걸 깨달은 것이다.

그 다음은 바로… 예전에 신지에서 만난 적이 있었던 검처녀다.

유라가 그 당시 처음 선보인 공간제압격을 피하고, 같은 공간제압격으로 공격했던 여검사.

날카롭고, 도도한 그 검술은 루가 아무리 분광을 휘두른다고 해도 넘지 못할 산으로 보였다.

그런데 지금.

세 번째 인물을 본 것이다.

바로 눈앞의 여제.

엘리자베스 여제다.

유라가 자상하지한 그 어떤 느낌이고, 검처녀 율리아나가 도도한 느낌이라면… 눈앞에 저 여자는 웅장한 느낌이었다.

느껴지는 것 자체가 그랬다.

"명왕기사……. 죽음을 관장한다는 기사가 그대인가."

"…그렇습니다."

여제의 말에 루는 조금 호흡을 끊었다가 대답했다. 압박감마저 느낀 탓이다.

그건 일부로 그런 것일 것이다.

그걸 루도 알고 있었지만 루는 발끈하지 않았다. 여긴 적지는 아니지만, 경거망동해서는 결코 안 되는 자리이기도 했기 때문이다.

물론, 겁을 먹은 것까진 아니었다.

"과연 몇 해 전 내 검을 받았던 정중한 검보다도 강해. 충분히 그렇게 불릴 만하겠어."

"감사합니다."

루의 대답이 있고, 그걸로 끝.

여제의 시선은 다시 란스에게 갔다가 몇 마디 말과 미오에게 갔다가 몇 마디 말을 하고 다시 유라에게 돌아갔다.

"강해. 기사왕, 당신이 가장 강하군. 당장 검을 겨누고 싶을 정도야."

"……."

여제의 말에 유라는 그저 입가에 미소를 싱긋 하고 피웠다. 유라의 미소를 본 여제도 슬며시 미소를 피웠다. 그러고는 계속 말을 이었다.

"후후, 용건이 있어 왔겠지? 하나 잠시 기다려라. 그대들에
견줄 만한 나의 소중한 사람이 오고 있으니."

"네."

여제의 말에 유라가 대답했고, 대화는 단절되었다. 그 중요
한 인물이 오기까지 기다리는 것이다.

그리고 약 30분 정도 지났을 때, 시종장이 알렸다.

"휘안 대령 드십니다."

벌컥!

그 말이 지나고 열리는 대전의 문 사이로 일단의 무리가 들
어섰다.

사 남매의 시선이 그쪽으로 향한 건 당연한 일이었다. 그리
고 그중 가장 앞장 선 남자에게 시선이 제일 먼저 갔다.

깔끔하게 차려입은 알스테르담 군인 정복.

그리고 허리에 매달린 방패와 검.

날카로운 외눈.

케르베로스 휘안 대령이었다.

그 다음은 휘안 대령 뒤로 양옆으로 늘어선 미녀들이었다.
기사의 트레이드마크인 풀 플레이트 메일을 걸쳤고, 180센티
를 넘는 큰 키에 찬란한 백금발이 인상적인 미녀.

제국의 꽃이라는 호칭을 여제에게서 이어 받은 테일러였다.

그다음이 휘안과 똑같은 여성정복 차림에 인상적인 단발머
리 그리고 허리춤에 매달린 에스터크 한 자루.

극점을 찌른다는 군인, 예나체리였다.

마지막으로… 란스에 버금가는 거대한 체구.

등에 매달린 기형 창.

철혈 빅터.

인상적인 조합이 들어오자 사 남매의 눈에 호기심은 물론 호승심이 드는 건 당연한 일이었다.

그들은 들어오자마자 여제에게 예를 취하고 사 남매의 반대 편으로 가서 섰다.

루는 그 와중에 한 사람에게서 시선을 떼지 못했다.

맨 앞에 나와 있는 외눈의 사내.

휘안 대령에게서.

"……."

"……."

서로가 서로를 마주 노려보기 시작했고, 둘의 눈싸움은 조금씩, 아주 조금씩 과열되기 시작했다.

하지만 어느 순간 임계점을 지나 가파르게 그 속도가 빨라 졌다.

피어나는 기세.

루의 기세가 조금씩 피어났다.

이제는 루의 기세와 완전히 동화되어 버린 두억시니의 흉성 이 더해진 루의 기세에 대전에는 불길함이라는 알 수 없는 무 언가가 점점 가득 차 갔다.

하지만 상대, 케르베로스도 만만치 않았다.

루가 흉성이라면, 휘안 대령은 비슷하지만 달랐다.

마치 짐승 같은 맹렬한 사나움이 있었고, 반대로 차갑게 얼어붙은 비정함까지 느껴졌다.

루의 흉성이 터지자 휘안을 대변하는 초인명처럼 케르베로스의 두 개의 머리가 눈을 뜬 것이다.

스윽.

슥.

그와 동시에 루의 손이 검병을 잡았고, 휘안 대령의 손이 방패와 검을 잡아갔다.

하나 뽑지는 못했다.

"루, 그만."

"대령, 여기서 피를 볼 생각인가?"

그들을 통제하는 유라와 여제가 말렸기 때문이다. 그러고는 둘은 서로를 잠시 바라보더니 눈빛으로 사과를 했다.

"……."

"……."

루는 잠시 더 휘안 대령을 노려보다 시선을 돌렸다. 하지만 아직 끓는 가슴은 가라앉지가 않았다.

그런 루에게 유라가 말했다.

"루, 사과해야지."

"휴우……."

루는 그 말에 눈을 슬쩍 감으며 한숨을 내쉬었다. 하기 싫었기 때문이다.

하지만 루는 유라의 말을 따르기로 했다.

"죄송합니다."

자세를 바로잡고 살짝 고개 숙여 사과의 인사를 하는 루.

하나…….

돌아온 것은?

"지랄하네, 개새끼가…….'"

"……."

역시.

미친개…….

이게 평생을 통틀어 루가 만난 가장 황당하고, 어처구니없는 인간이라 생각하는 미친개 휘안과의 첫만남이었다.

『기사도』 완결

　기사도는 이렇게 끝이 납니다. 그리고 제가 여러분께 드릴 말은… 죄송합니다.

　이 말밖에는 없네요.

　제가 뿌려두었던 수많은 떡밥들, 그걸 채 50%는 회수했는지 모르겠군요.

　후우……. 참담한 심정이고, 가슴이 아픕니다.

　이게 다 제가 실력이 모자라서입니다.

　정말 죄송합니다.

　하지만 다음 작품엔… 절대, 절대로 기사도와 같은 결말이 나지 않게 하겠습니다.

좀 더 공부하고, 좀 더 노력해서 더욱 좋은 글로 제 글을 읽어주시는 분들에게 찾아가겠습니다.

그럼 그동안 기사도를 사랑해주신 독자 여러분, 정말 감사합니다.

ALCHEMIST
알케미스트

FUSION FANTASTIC STORY 시이람 장편 소설

2013년, 또 하나의 현대물이 깨어난다.
현대에서 펼쳐지는 연금마법진의 진수!

인간 최초의 9서클을 이룩한 마법사 아스란.
죽음의 위기에서 그가 남긴 유지가
차원을 넘어 지구에 떨어진다.

일리미트 비블리어시카(Illimite bibliotheca)!

그 무한한 힘과 지식을 얻게 된 김창준.
3년 전으로 돌아간 날을 기점으로,
삶이, 인생이, 그의 희망이 바뀐다!

**현대에 강림한 진정한 마법사의 전설!
끝도 없이 세상을 향해 날개를 펼치다!**

무정철협

월인 新무협 판타지 소설

FANTASTIC ORIENTAL HEROES

「두령」, 「사마쌍협」, 「장홍관일」의 작가 월인
2013년 벽두를 여는 신무협이 온다!

삭초제근(削草制根)!
일단 손을 쓰면 뿌리까지 뽑아버렸다.

무정(無情)!
검을 들면 더 이상 정을 논하지 않았다.

그래서 나는 무정철협이 되었다.

진정한 협(俠)을 아는가!
여기 철혈의 사내 이한성이 있다!

「무정철협」